Ostsee
W
Bansin
Heringsdorf
Ahlbeck
Polen
Schleswig-Holstein
Mecklenburg-Vorpommern
Hamburg
Bremen
Niedersachsen
Berlin
Sachsen-Anhalt
Brandenburg
Nordrhein-Westfalen
Sachsen
Thüringen
Hessen
Rheinland-Pfalz
Saarland
Bayern
Baden-Württemberg

W0220690

Steffi Bieber-Geske / Kerstin Groeper

SAGENHAFTE FERIEN AUF USEDOM

Lilly, Nikolas und das Geheimnis der versunkenen Stadt

Illustrationen von Sabrina Pohle

Biber & Butzemann

MIX
Paper from responsible sources
FSC® C126307
www.fsc.org

Klimaneutral
Druckprodukt
ClimatePartner.com/14701-2006-1001

Besuchen Sie uns im Internet auf www.biber-butzemann.de

Hinweis: Ausstellungen in Museen wechseln und auch bei anderen Sehenswürdigkeiten gibt es regelmäßig Veränderungen, darum sind alle Angaben ohne Gewähr.

Für meine sagenhafte Familie.

SBG

Geschwister-Scholl-Str. 7
15566 Schöneiche

2. Auflage, 2021

Bibliografische Information der Deutschen Bibliothek
Die Deutsche Bibliothek verzeichnet diese Publikation in der Deutschen Nationalbibliografie;
detaillierte bibliografische Daten sind im Internet unter http://dnb.ddb.de abrufbar.

Text: Steffi Bieber-Geske und Kerstin Groeper
Illustrationen: Sabrina Pohle (www.splinteredshard.com)
Layout und Satz: Mike Hopf
Lektorat: Britta Schmidt von Groeling
Lektoratsassistenz: Kristina Berens, Kati Bieber, Martina Bieber, Franziska Holst, Anna Klesse, Christiane Menzel, Cecilia Preiss, Sarah Seyboldt Michelle Stark, Gwenn Wunsch
Korrektorat: Peggy Büttner, Carola Jürcho
Druck- und Bindearbeiten: Poligrafia Janusz Nowak sp. z o.o.
ISBN: 978-3-95916-069-8

INHALT

1.

EINE INSEL OHNE NAMEN

Nikolas langweilte sich. Jetzt fuhren sie schon ewig auf der Landstraße und waren noch immer nicht auf Usedom. „Wir sind bald da“, beruhigte ihn Mama. „Soll ich euch solange erzählen, wie die Insel Usedom zu ihrem Namen kam?“ Lilly und Nikolas nickten.
Also begann Mama mit ihrer Geschichte: „Vor langer, langer Zeit trafen sich die Bewohner der Insel, um gemeinsam zu entscheiden, wie sie dieses schöne Stückchen Land nennen wollten. Sie überlegten lange hin und her, aber sie konnten sich einfach nicht einigen. Weil alle endlich nach Hause gehen wollten, beschlossen sie, den nächsten Namen, der genannt werden würde, zu wählen. Doch niemand traute sich, einen Vorschlag zu machen. Nach über einer Stunde rief ein Mann ärgerlich: ‚Oh, so dumm, dass wir keinen passenden Namen finden!‘ Weil sie ja beschlossen hatten, den nächsten Namen zu wählen, musste die Insel nun also ‚Oh, so dumm‘ heißen. Glücklicherweise wurde daraus später Usedom, was deutlich besser klingt, wie ich finde.“
Lilly und Nikolas lachten. „Oh, so dumm“ wäre wirklich ein komischer Name für eine Insel gewesen.
Inzwischen waren sie in der Nähe von Anklam über eine kleine Brücke gefahren, die nach Usedom führte. „Lasst uns eine kleine Pause machen“, schlug Papa vor. Sie hielten auf einem Parkplatz in der Nähe des Wassers.

Die Luft war frisch, und ein leichter Wind zerzauste Nikolas' Haare, als er aus dem Auto stieg. Dann fiel ihm ein riesiges Metallgerüst auf, das aus dem Wasser ragte. „Was ist das?“, wollte er wissen.
„Das sind die Überreste der alten *Eisenbahnbrücke von Karnin*. Sie war eine sogenannte Hubbrücke, das heißt, wenn große Schiffe darunter durchfahren wollten, konnte man die Schienen nach oben ziehen. Früher konnten die Züge über diese Brücke vom Festland auf die Insel fahren, sie wurde aber im Zweiten Weltkrieg zerstört“, erzählte Papa. „Ich hoffe sehr, dass sie irgendwann wieder aufgebaut wird. Dann würde die Fahrt von Berlin nach Usedom nur noch zwei statt vier Stunden dauern.“
Während Nikolas und Papa die Brückenüberreste betrachteten, hatte Lilly den Spielplatz entdeckt, der neben dem Parkplatz auf einem Grashügel lag. Blitzschnell eroberte sie die Ritterburg aus Holz, kletterte darauf herum und winkte Mama von oben zu.

Dann sauste Lilly jauchzend die Rutsche hinunter. Nikolas drehte sich um und beschloss, seiner Schwester hinterherzuklettern. Mama und Papa machten es sich auf einer Bank gemütlich.
Nach einer Weile rief Mama fröhlich: „Ab ins Auto, wir wollen weiterfahren!“ Schweren Herzens trennten sich Lilly und Nikolas von dem tollen Spielplatz, aber sie wollten ja an diesem Tag noch an den Strand, also mussten sie wirklich los.
Eine Dreiviertelstunde später erreichten sie ihre Ferienwohnung in Karlshagen. Sie lag zwar nicht direkt am Meer, war aber sehr hübsch und hatte sogar einen kleinen Garten. Hier würden sie die Osterferien verbringen, und am Wochenende sollten noch Oma und Opa nachkommen.
Nachdem sie ausgepackt hatten, schlenderten sie durch die Stadt zum Strand. Hinter den Dünen konnten sie endlich das Meer sehen. Die dunkelblauen Wellen trugen hübsche weiße Schaumkrönchen und bewegten sich lebhaft in Richtung Strand. Die Luft war herrlich frisch und roch salzig. Aber weil die Sonne schien, war es nicht zu kalt.
Lilly spürte, wie der Wind sie von hinten anzuschieben schien. Sie breitete die Arme aus und lief los in Richtung Wasser. Nikolas rannte ihr hinterher. Sie drehte sich um und rief: „Los, Wettlauf!“ Und schon rannten die Kinder um die Wette.
Mama und Papa ließen sich derweil im Sand nieder. Als Lilly und Nikolas völlig außer Puste wieder bei ihnen ankamen, ließ Lilly sich neben Papa in den Sand fallen, zerrte Schuhe und Socken von den Füßen und grub diese in den Sand. Nur die oberste Schicht war von

der Sonne erwärmt, darunter war der weiße Sand noch kalt. Aber es fühlte sich trotzdem herrlich an!
„Es ist so schön, wieder am Meer zu sein“, sagte Mama.
Doch da die Sonne schon dem Horizont entgegenwanderte, machten sie sich wenig später auf den Rückweg. „Lasst uns etwas essen gehen“, schlug Papa vor.
„Oh ja, ich hab total Lust auf Pizza“, sagte Nikolas. Lilly nickte zustimmend.
„Ich glaube, ich habe vorhin in der Nähe des Bahnhofs ein italienisches Restaurant gesehen“, erinnerte sich Mama.
Kurze Zeit später hatten sie das Lokal erreicht.
„Und was machen wir morgen?“, wollte Nikolas wissen, nachdem er sich für eine Salamipizza entschieden hatte.
„Ich habe mir gedacht, wir fahren nach Peenemünde, das ist hier gleich um die Ecke“, sagte Mama. „Dort wurde vor über 70 Jahren, während des Zweiten Weltkriegs, die allererste Rakete gebaut, die bis ins Weltall fliegen konnte. Außerdem können wir dort ein altes U-Boot, ein Spielzeugmuseum und ein Mitmach-Museum besuchen. Na, klingt das gut?“, fragte Mama.
„Hm, hm.“ Lilly und Nikolas nickten mit strahlenden Augen, während sie genüsslich ihre Pizza aßen.

Zurück in der Ferienwohnung, erkundeten Nikolas und Lilly das Haus und den Garten. Zu jeder Wohnung gehörte eine von Sträuchern und Rosen umgebene Terrasse, an der Maiglöckchen in strahlendem Weiß blühten.

Lilly atmete ihren lieblichen Duft tief ein und sah sich dann weiter um. Sie konnte es kaum erwarten, es sich mit ihrem Buch in einem der bequemen Sessel oder im Strandkorb gemütlich zu machen. Und am nächsten Morgen würden sie bestimmt an dem großen, verwitterten Holztisch mit den sechs Stühlen gemütlich frühstücken.
Dann entdeckte Lilly einen Jungen. Er hatte sanfte Gesichtszüge und blonde Locken. In seinen Händen hielt er einen Strauß aus grünen Blättern.
Lilly stupste ihren Bruder an, der das Windspiel aus Treibholz und Muscheln beobachtet hatte, das neben der Terrassentür hin- und herschwang und vor sich hin klimperte. Nun sah auch er den Jungen, nickte Lilly zu, und gemeinsam gingen sie näher.
„Hi“, grüßte Nikolas.
„Hallo, Leute“, grüßte der Junge höflich, aber etwas abwesend zurück.
„Darf man hier denn überhaupt Blumen pflücken?“, erkundigte sich Lilly.
„Wisst ihr, Leute, das sind im Grunde keine Blumen, sondern Bärlauchblätter – ein Wildgemüse, verwandt mit Knoblauch, Schnittlauch und Zwiebeln. Man darf ihn aber nicht mit Maiglöckchen oder Herbstzeitlosen verwechseln, denn die sind sehr giftig.“
Lilly und Nikolas rissen die Augen auf. Nicht, weil die Information so interessant war, sondern weil dieser Junge redete, als wäre er ein Professor.
„Aha, und was machst du mit dem Bärlauch?“, wollte Lilly wissen.
„Ich bringe ihn meiner Mutter. Sie kocht eine leckere Suppe daraus. Wollt ihr das Rezept wissen?“

MAIGLÖCKCHEN

Convallaria majalis

HERBSTZEITLOSE

Colchicum autumnale

BÄRLAUCH

Allium ursinum

„Nein, danke!“, unterbrach Nikolas ihn. Das interessierte ihn jetzt doch nicht.
„Oh!“ Verlegen stand der Junge da. „Soll ich euch dann wenigstens zeigen, wo der Bärlauch wächst?“
„Nee, lieber nicht“, wehrte Lilly schnell ab. „Nicht, dass wir ihn mit den Maiglöckchen verwechseln.“
Der Junge lächelte. „Aber nein. Maiglöckchen wachsen nur an den Terrassen. Aber unter den Bäumen dort hinten wächst Bärlauch. Ich heiße übrigens Lukas.“ Er streckte ihnen höflich die Hand entgegen.
Nikolas und Lilly wechselten einen ratlosen Blick. Etwas verlegen erwiderte Lilly den Handschlag. „Ich bin Lilly.“
Lukas nickte mit einem Lächeln und wandte sich dann an Nikolas. Abwartend stand er da. Nikolas zögerte kurz, dann reichte auch er Lukas die Hand. „Ich bin Nikolas.“
„Angenehm!“, antwortete Lukas. „Nikolas, das ist ein bedeutungsvoller Name: Griechische Abwandlung von Nikolaus – der Siegreiche –, abgeleitet von der griechischen Siegesgöttin Nike.“
Lukas klang, als würde er aus einem Lexikon vorlesen.
‚Unnützes Wissen, Teil 1‘, dachte sich Nikolas. „Machst du hier Urlaub?“, erkundigte er sich dann.
Der Junge nickte mit einem Lächeln. „Sozusagen. Meine Eltern und ich verbringen hier zwei Wochen. Aber nun entschuldigt mich … Ich muss meiner Mutter den Bärlauch bringen.“ Schon war Lukas in der Tür der nächsten Wohnung verschwunden.
Nikolas und Lilly kehrten in ihre Wohnung zurück und sahen einander kopfschüttelnd an.

„Was ist denn los?“, fragte Mama erstaunt.
„Nichts“, sagte Nikolas. „Wir haben nur gerade einen etwas komischen Jungen kennengelernt.“
Lilly nickte bestätigend. „Aber wirklich. Der hat sich uns vorgestellt, als wäre er ein Erwachsener, und er redet, als hätte er ein Lexikon verschluckt.“
„Er hat uns erzählt, wo mein Name herkommt, und auch noch was über Bärlauch“, ergänzte Nikolas.
„Echt? Gibt es hier denn Bärlauch?“, fragte Mama interessiert.
„Anscheinend“, gab Nikolas zur Antwort. „Hinten im Garten.“
„Ich hab immer Angst, dass ich ihn mit Maiglöckchen verwechsle, aber wenn sich jemand damit auskennt, dann könnte ich ja mal Bärlauchsuppe kochen.“
Lilly und Nikolas prusteten los. „Das Rezept wollte er uns auch verraten. Vielleicht sollten wir doch noch mal nachfragen“, sagte Lilly.
„Wie alt ist der Junge denn? Er scheint ja schon recht erwachsen zu sein.“
Nikolas zuckte mit den Schultern. „Ich glaube, so in meinem Alter, zwölf oder so.“
„Wirklich? Und da interessiert er sich für Wildkräuter?“
„Wildgemüse“, korrigierte Nikolas sie. „Bärlauch ist verwandt mit Schnittlauch, Zwiebeln und Knoblauch.“

2.

STÄRKER ALS PIPPI LANGSTRUMPF

Am nächsten Morgen brachen sie gleich nach dem Frühstück nach Peenemünde auf. Als sie auf das Museumsgelände fuhren, entdeckte Nikolas hinter einem Zaun eine schwarz-weiße Rakete. „Schaut mal!", rief er aufgeregt.

„Die gehört zum *Historisch-Technischen Museum Peenemünde*. Aber das ist eher etwas für Jugendliche und Erwachsene", antwortete Mama. „Es geht in der Ausstellung vor allem um den Zweiten Weltkrieg, für den die Raketen hier im Ort gebaut worden sind. Ich glaube, ich habe zwei andere Museen im Angebot, die euch besser gefallen werden", sagte sie.

Neben dem Mitmach-Museum *Phänomenta* fand Papa einen günstigen Parkplatz. „Guckt mal, dort oben auf dem Dach ist ein Fahrradfahrer!", rief Lilly überrascht, als sie kurze Zeit später an dem Gebäude vorbeiliefen.

„Du hast recht", sagte Papa lachend. „Ich glaube allerdings, der ist aus Metall."

Als Erstes besuchten sie das *Spielzeugmuseum*. Dort waren in Glasvitrinen Tausende

von Spielsachen ausgestellt, manche davon waren fast 300 Jahre alt. Einige Dinge kannten Mama und Papa aus ihrer Kindheit.

Nikolas fand die vielen verschiedenen Autos und Modelleisenbahnen toll, während Lilly vor allem die Kuscheltiere, die Puppen und Puppenhäuser sowie die Miniatur-Karussells bewunderte.

Gemeinsam bestaunten sie den Zuckertütenbaum und das alte Schulzimmer. Am Ende des Rundgangs waren die Kinder allerdings ein wenig enttäuscht, weil es gar keine Spielsachen gab, mit denen sie auch tatsächlich hätten spielen können. „Es ist eben ein Museum", tröstete Mama sie. „Dinge anfassen könnt ihr gleich in der *Phänomenta*."

„Ich wollte schon immer mal ein Auto hochheben! Dann wäre ich stärker als Pippi Langstrumpf", sagte Mama auf dem Weg zum Mitmach-Museum.

„Ziehst du dann auch so große Schuhe und Ringelsocken an?", fragte Lilly lachend.

„Und nicht die Zöpfe vergessen!", ergänzte Nikolas.

Sie mussten nicht lange warten: Gleich im ersten Raum der *Phänomenta* stand ein roter Trabant, den die Gäste mit Hilfe eines

Holzbalkens hochheben sollten. „So einen Trabi hatten Oma und Opa auch, als ich noch ein Kind war, nur in Hellblau“, erzählte Papa. „Na dann zeig uns mal, wie stark du bist, Schatz“, forderte er Mama grinsend auf. „Ich glaube, dieses kleine Auto wiegt rund 700 Kilo.“ Mama drückte Papa ihre Tasche und ihre Jacke in die Hand und begann, mit beiden Händen den langen Holzbalken herunterzudrücken, an dessen anderem Ende der Trabi hing. Schon schwebte dieser ein ganzes Stück über dem Boden. Dort hielt Mama ihn nun lachend mit einer Hand fest. „Das war gar nicht so schwer. Wollt ihr auch mal?“

Bevor Lilly oder Papa die Chance hatten zu antworten, stand Nikolas schon neben Mama. „Ich bin der Nächste!“ Also ließ Mama das Auto vorsichtig wieder herunter, und Nikolas übernahm den Balken. Mama hatte recht, das Auto war wirklich ganz leicht. „Wie funktioniert das?“, wollte Nikolas verblüfft wissen.

„Das ist die Hebelwirkung“, erklärte Papa. „Wenn der Hebel, also der Holzbalken, auf unserer Seite des Gestells lang genug ist, können wir schwere Dinge ganz einfach anheben.“

Nachdem auch Lilly und Papa nacheinander das Auto hochgehoben hatten und jede Menge Fotos gemacht worden waren, gingen sie weiter in den nächsten Raum. Dort kam ihnen ein älterer Junge entgegen, der eine riesige, langgezogene Seifenblase hinter sich herzog. Lilly und Nikolas staunten. Kurz darauf versuchten sie selbst, eine Seifenblase zu erzeugen. Vorsichtig zogen sie den großen Ring aus der Seifenlösung bis hoch über ihre Köpfe. Stolz standen sie in ihrer Seifenblase und riefen Mama und Papa herbei. Die blickten einander vielsagend an. Dann sagte Mama plötzlich: „Jetzt!“ Mama und Papa machten einen großen Satz auf Lilly und Nikolas zu und stachen mit ihrem Finger in die Seifenblasen. Mit großen Spritzern zerplatzten die Seifenblasen, und alle mussten lachen.

Es gab noch viele weitere tolle Dinge zu entdecken. Sie konnten ihre Köpfe dank optischer Täuschung auf einem Teller präsentieren, mit einem Paukenschlag eine zwei Meter entfernte Kerze zum Erlöschen bringen, ihre Schatten einfrieren oder Kugeln um die Wette rollen lassen. Zum Schluss wagte sich Papa noch in den Astronautentrainer. Festgeschnallt in einem roten Sessel, wurde er in alle Richtungen

gedreht. Hinterher sah er etwas blass aus. „Ich weiß nicht, wie es euch geht, aber ich könnte jetzt etwas frische Luft vertragen“, murmelte Papa und ging leicht wackelig auf den Beinen Richtung Ausgang.

„Wollen wir uns jetzt noch das U-Boot ansehen?“, fragte Mama.

„Jaaa!“, rief Nikolas.

Nach einem kurzen Fußmarsch erreichten sie das graue U-Boot, auf dem in weißen Buchstaben „U461“ stand. Daneben war ein roter Stern aufgemalt. „Das ist das größte U-Boot-Museum der Welt“, sagte Papa. „Es ist fast 100 Meter lang und 4.000 Tonnen schwer. Was ihr hier seht, ist aber nur ein kleiner Teil des Bootes. Unter Wasser ist es noch mal doppelt so groß. Nikolas, du kennst doch den Häuserblock, in dem dein Freund Paul wohnt, mit den sechs Etagen. Das U-Boot hier ist ungefähr genauso groß.“

Von innen war es allerdings ziemlich eng und bedrückend. Niemand von ihnen konnte sich vorstellen, hier mehrere Tage oder gar wochenlang eingesperrt zu sein.
Mama schlug vor, eine kleine Pause einzulegen. Direkt neben dem U-Boot lag der *Piergarten*. Sie setzten sich in einen der gemütlichen Pavillons, tranken Limo und aßen Bratwürste. Von ihrem Tisch hatten sie einen schönen Blick aufs Wasser.

Als sie zu ihrer Ferienwohnung zurückgekehrt waren, kam ihnen Lukas auf seinem Fahrrad entgegen. Nikolas und Lilly wollten schnell verschwinden, doch Lukas hielt sie auf. „Hey, Leute ... wollt ihr mal meine Sammlung sehen?“

„Was für eine Sammlung?“, wollte Lilly wissen.
„Meine Gesteinssammlung. Ich will mal Paläontologe werden. Das ist die Wissenschaft von den Lebewesen und Lebenswelten unserer geologischen Vergangenheit.“
„Wissen wir!“, winkte Nikolas ab. Was glaubte dieser Junge eigentlich? Dass er ein Professor wäre und Lilly und Nikolas Dummköpfe?
Immer noch stand Lukas da und wartete auf eine Antwort.
„Na schön!“, gab Nikolas nach. „Hast du denn auf Usedom schon etwas gefunden?“
„Gefunden nicht, aber gekauft. Hier gibt es schöne Ammoniten. Letztens hat aber jemand in Wolgast eine noch unbekannte Art gefunden. Das ist doch interessant, nicht wahr?“
„Ja“, gab Nikolas zu. Lilly nickte.
Lukas lächelte und führte die Beiden in seine Ferienwohnung. Seine Eltern saßen im Wohnzimmer und waren in Bücher vertieft. Sie schauten auf und grüßten die Geschwister freundlich. „Hallo, wer seid ihr denn?“
„Lilly und Nikolas Sonnenschein. Wir haben die Ferienwohnung nebenan.“
„Das ist aber schön, dass ihr euch mit Lukas anfreundet.“
„Hm“, machte Nikolas, der sich noch nicht so sicher war, ob er sich mit diesem seltsamen Jungen wirklich anfreunden wollte.
„Ich wollte ihnen die Ammoniten zeigen“, erklärte Lukas seinen Eltern.
„Mach das!“, sagte der Vater. Lilly und Nikolas folgten Lukas in sein Zimmer, in dem einige Steine auf dem Tisch lagen.

Stolz zeigte Lukas ihnen zwei Ammoniten und ein Insekt, das in einen Bernstein eingeschlossen war. „Zu Hause habe ich viel mehr davon“, erzählte er. Dann deutete er auf ein Buch, in dem die verschiedenen Gesteinsarten aufgelistet waren. Es war ein richtig dickes Fachbuch.
„So etwas liest du?“, erkundigte sich Nikolas erstaunt.
„Ja. Ich finde, dass darin viele interessante Informationen stehen. Und ich kann dadurch Fundstücke selbst bestimmen. Zu Hause habe ich letztens Lavagestein identifiziert.“
Lilly zog die Augenbrauchen hoch. „Liest du auch andere Bücher?“ Da sie selbst eine Leseratte war, konnte sie sich nicht vorstellen, dass jemand lieber so trockene Fachbücher als ein spannendes Abenteuer las.
„Selbstverständlich.“ Nun zeigte Lukas auf einen weiteren Stein. „Das ist ein Belemnit. Diese Tiere lebten während des Unterkarbon. Zum Ende der Kreidezeit starben sie aus.“

„Welche Bücher liest du denn sonst?“, hakte Lilly nach.

Lukas zeigte auf drei Bücher mit grünen Umschlägen. „Herr der Ringe. Aber ich lese sie nur abends vor dem Einschlafen.“

„Warum nicht am Strand oder im Garten?“, wunderte sich Lilly.

„Bücher, die unterhalten sollen, lese ich nur abends im Bett.“

„Aha.“ Lilly wechselte verwunderte Blicke mit ihrem Bruder.

Als sich die Kinder alle Fossilien angesehen hatten, entstand ein peinliches Schweigen. Niemand wusste, was er sagen sollte. „Ähm!“, sagte Nikolas zögernd. „Wir gehen jetzt mal besser wieder rüber. Unsere Eltern warten bestimmt schon.“

Lukas nickte und begleitete die beiden an die Tür. „Einen schönen Tag noch!“, verabschiedete er sich höflich.

3.

DIE VERSUNKENE STADT

„Wusstet ihr, dass vor Usedom die versunkene Stadt Vineta liegen soll?“, fragte Papa am nächsten Morgen beim Frühstück. Die Kinder sahen ihn neugierig an und schüttelten die Köpfe. „Wir fahren heute nach Koserow, und dort am Strand werde ich euch die Geschichte erzählen“, versprach Papa.

Lilly und Nikolas konnten es kaum erwarten und beeilten sich mit dem Frühstück und dem Anziehen. Als sie im Auto saßen, begannen die Kinder, Papa mit Fragen zu löchern.

„Warum ist die Stadt versunken?“, wollte Lilly wissen.

„Kann man sie vom Strand aus sehen?“, fragte Nikolas.

Doch Papa lächelte nur geheimnisvoll und sagte: „Wir sind bald da, und dann erfahrt ihr das Geheimnis von Vineta.“

Obwohl sie auf dem Weg zum Strand einen tollen Spielplatz entdeckten, wollten die Kinder lieber gleich weiter ans Meer und Papas Geschichte hören. Der Strand war genauso lang und weiß wie der in Karlshagen, wo ihre Ferienwohnung lag. Eine neue Seebrücke mit drei Bögen führte aufs Meer hinaus zu einer großen Aussichtsplattform. Zwischendurch gab es kleinere Plattformen, die zum Verweilen einluden.

Nikolas und Lilly liefen natürlich bis zum Ende. Ob sie dort vielleicht irgendeinen Hinweis auf dieses Vineta entdecken würden? Die Sonne blendete sie, sodass sie die Hand vor die Augen nehmen mussten.

‚War eigentlich klar. Wenn man die versunkene Stadt von hier aus sehen könnte, dann wäre sie längst entdeckt worden', dachte Nikolas enttäuscht. Ob die Stadt wirklich da draußen lag? Wie sie heute wohl aussah? Ob sie völlig von Algen überwuchert war? Aber warum hatte sie noch niemand gefunden? Schließlich waren doch sogar U-Boote hier im Meer herumgefahren.

Nikolas konnte es sich nicht erklären. Er stand noch eine ganze Weile nachdenklich am Geländer der Seebrücke, bis eine Möwe kreischend über seinen Kopf hinwegfegte und ihn aus seinen Träumen riss. Zusammen mit Lilly lief er über den hölzernen Steg wieder zum Strand zurück.

Links und rechts neben der Seebrücke entdeckte Nikolas viele Reihen mit Holzpfählen im Meer. „Was ist das?“, wollte er wissen, als er wieder neben den Eltern am Strand stand, die dort gewartet hatten.

„Das sind sogenannte Buhnen, Wellenbrecher“, erklärte Mama. „Sie sollen verhindern, dass die Wellen mit zu großer Kraft auf den Strand treffen und den Sand wegspülen. Sonst würde die Insel Usedom nämlich immer kleiner werden – jedes Jahr fast einen Meter.“

Nikolas nickte. Das klang logisch.

Papa und Lilly breiteten inzwischen eine Decke aus. Als Nikolas und Mama sich zu ihnen setzten, begann Papa zu erzählen: „Dort draußen im Meer, ein ganzes Stück hinter den Wellenbrechern, soll es vor langer, langer Zeit – vor rund tausend Jahren – eine Stadt gegeben haben. Ihr Name war Vineta, und sie soll damals die größte und schönste Stadt Europas gewesen sein. In ihrem großen Hafen legten jeden Tag Schiffe aus der ganzen Welt an und brachten ihre Schätze mit: Felle, Silber und Gold, Gewürze, schöne Stoffe und vieles mehr. Die Menschen in Vineta wurden durch den Handel mit diesen Kostbarkeiten sehr reich, und die Stadt wurde immer schöner.

Eines Tages sagten ein paar alte, weise Männer: ‚Es wird ein großes Unheil geschehen. Wir müssen die Stadt verlassen.' Doch die anderen

Bewohnerinnen und Bewohner lachten sie nur aus. Sie glaubten, dass ihnen in ihrer schönen, reichen Stadt nichts passieren könnte. Einige Tage später erschien eine Meerjungfrau und sang ein schauerliches Lied darüber, dass die Stadt untergehen würde. Auch diesmal hörten die Menschen nicht. Niemals würden sie ihre wunderschöne Stadt mit all ihren Schätzen aufgeben.

Doch dann geschah es: In einer stürmischen Nacht wurde Vineta unter meterhohen Wellen begraben. Niemand konnte entkommen, und die Stadt versank mit all ihren Schätzen für immer im Meer. Und da draußen soll sie noch immer liegen ..."

Einen Moment lang dachte Nikolas nach. „Hat sie noch niemand gefunden?", fragte er dann.

„Angeblich haben die Fischer die Stadt früher ganz deutlich unter dem Wasser erkennen können, aber weil an der Stelle, wo sie versunken sein soll, ein gefährliches Riff liegt, traut sich niemand mehr dorthin. Heute nennt man es das Vineta-Riff", erklärte Papa.

Lilly und Nikolas starrten noch eine ganze Weile versonnen auf die Stelle, an der angeblich die versunkene Stadt liegen sollte. Dann sagte Mama: „Es ist ganz schön windig heute am Strand. Jetzt, da ihr Papas Geschichte gehört habt, können wir ja vielleicht doch ein bisschen auf den Spielplatz gehen?"

Das klang gut, fanden Lilly und Nikolas. Sie sprangen von der Decke auf und flitzten so schnell Richtung Spielplatz, dass Mama und Papa Mühe hatten, ihnen zu folgen. Als Nikolas am Dünenübergang angekommen war, warf er noch einen Blick zurück aufs Meer. Einen kurzen Moment lang glaubte er, ein goldenes Schimmern weit draußen auf dem Wasser gesehen zu haben. Aber das war bestimmt nur die Sonne gewesen.

4.

Eine überraschende Begegnung in Koserow

Der Spielplatz war wirklich klasse. Unerwartet stießen sie auf einen Bekannten: Lukas war mit seinen Eltern ebenfalls dort. Er winkte ihnen fröhlich zu und rief: „He, Leute, was macht ihr denn hier?“

Nachdem sich die Familien Sonnenschein und Gotthardt miteinander bekannt gemacht hatten, gab sich Nikolas einen Ruck und wandte sich an Lukas. „Magst du mit uns Fangen spielen?“

Lukas winkte mit der Hand ab. „Nein, danke! Lieber nicht.“

„Jetzt sei doch nicht so ein Miesepeter! Hier kann man doch prima Verfolgungsjagden machen“, ermunterte Lukas’ Vater ihn.

Unschlüssig zuckte Lukas die Schultern. „Böse Zungen würden sagen, der Plan ist unausgereift.“ Es war ein Satz aus dem Film „Aladdin“. Nikolas und Lilly kicherten.

Der Vater schüttelte den Kopf und beruhigte seinen Sohn. „Der Spielplatz ist sicher und TÜV-geprüft. Da brauchst du dir keine Sorgen machen.“

„Na schön!“, gab Lukas nach. Besonders glücklich sah er nicht aus.

„Schau mal, wie cool die Geräte sind. Da macht das bestimmt Spaß!“, sagte Lilly aufmunternd.

„Na gut. Aber ich fange an!“

Die Geschwister folgten Lukas und erstürmten eine Hängebrücke. „Ich zähle bis zehn, und ihr rennt davon!“, forderte Lukas die Geschwister auf.

Das ließen sie sich nicht zweimal sagen. Im Nu waren Nikolas und Lilly auf dem nächsten Turm verschwunden und machten sich bereit, eine Rutsche hinunterzusausen.

Lukas folgte ihnen mit kämpferischer Miene. Dazu sang er „Auf in die Schlacht mit Holirio", das Schlachtlied aus dem Film „Die Legende der Wächter". Nikolas vergaß vor Staunen fast, rechtzeitig die Flucht zu ergreifen. Er lachte schallend und stimmte in das Lied ein. Irgendwie war Lukas doch ganz witzig. „Du kriegst uns im Leben nicht!", brüllte er übermütig.

„Pass auf mit deiner Wortwahl!", schrie Lukas zurück. Es war wieder ein Satz aus „Aladdin", erkannte Nikolas und verschluckte sich fast vor Lachen. Er glitt die Rutsche hinunter, doch Lukas sprang schnell von der Wackelbrücke herab, schnitt ihm den Weg ab und tippte ihn auf die Schulter. „Du bist dran."

„Na, warte!", drohte Nikolas. Fairerweise zählte auch er bis zehn, ehe er die Verfolgung aufnahm. Doch dann gab es kein Halten mehr.

„He, Schnecke, entstaub doch mal dein Sonntagsgewand!“, ertönte es von Lukas. Wieder ein Spruch aus „Aladdin“.
„Sag mal, kannst du alle Filme auswendig, oder was?“, fragte Nikolas verwundert.
Lukas lachte. „Zumindest alle, die ich gesehen hab.“
„Alle?“ Lilly und Nikolas staunten Bauklötzer.
„Ja“, sagte Lukas ernst.
Nach einer Weile setzten sich die Kinder völlig außer Atem in den Sand. „Du, Lukas, wenn du alles auswendig weißt, musst du doch echt gut in der Schule sein?“, überlegte Lilly.
„Na ja“, schwächte Lukas ab. „Wenn die Lehrerinnen etwas Interessantes erzählen, weiß ich das schon ...“
„Aber?“, fragte Lilly.
„Vieles ist für mich sehr verwirrend. Aber ich habe ja eine Schulbegleitung, die mir hilft.“
„Was ist denn eine Schulbegleitung?“ Lilly und Nikolas wechselten einen verblüfften Blick.
„Eine Frau, die im Unterricht neben mir sitzt und mir hilft“, erklärte Lukas ernst. „Ich komme manchmal mit den Kindern nicht klar und werde aggressiv. Claudia hilft mir dann, die Situation zu verstehen, oder sie geht mit mir aus dem Klassenzimmer, bis ich mich wieder beruhigt habe.“
„Aha!“ Nikolas wollte nicht zu neugierig sein, beschloss aber, am Abend lieber seine Eltern zu fragen, was das bedeutete.
„Aber aus den Filmen, die du siehst, kannst du dir alles merken?“
„Ja! Ich merke mir auch alles, was mir jemand erzählt.“

„Beweis es!“

Lukas zögerte kurz, dann räusperte er sich und begann mit einem langen Summen. Dann sang er das Lied der Zwerge aus dem Film „Der Hobbit“.

Nikolas und Lilly waren sprachlos. Nicht nur, dass sie das Lied längst vergessen hatten, Lukas’ Stimme hatte auch wunderschön geklungen.

Die Eltern verstanden sich gut, und Mama schlug vor, sich zusammen die *Salzhütten* anzusehen. Gemeinsam bestaunten sie die Fachwerkhäuschen, die versteckt hinter den Dünen lagen. Die Häuschen waren so klein, dass Mama und Papa kaum aufrecht darin stehen konnten. Die Salzhütten waren schon fast 200 Jahre alt.

„Früher hatten die Menschen ja noch keine Kühlschränke. Damit sich der Fisch länger hielt, wurde er eingesalzen und hier in Fässern gelagert. Deshalb heißen sie *Salzhütten*“, erzählte Mama. „Vor 120 Jahren begannen die Fischer dann, die Häuser als Arbeits- und Lagerräume zu benutzen. Heute kann man hier leckeren Räucherfisch oder Geschenke kaufen.“

„Ja!“, stimmte Lukas zu und ergänzte: „Wisst ihr, Leute, früher gab es nur drei Möglichkeiten, Essen haltbar zu machen: Salzen, Räuchern und Lufttrocknen. Salz war damals immens wichtig.“

Lilly und Nikolas wunderten sich inzwischen nicht mehr darüber, dass Lukas das wusste.

Ein paar Schritte weiter fanden sie eine Fischräucherei. Alle bestellten sich leckere Butterfisch-Brötchen, nur Lukas gab sich mit einer trockenen Semmel zufrieden. „Magst du keinen Fisch?“, fragte Lilly.

„Doch, aber nicht hier. Ich esse nur in Restaurants, die ich kenne."

„Aha!"

Es entstand ein kurzes Schweigen, weil diese Antwort mal wieder ein bisschen seltsam war. Schnell lenkte Mama vom Thema ab. „Seht ihr, dass die Dächer der *Salzhütten* anders aussehen als gewöhnlich? Das sind sogenannte Reetdächer. Sie bestehen aus Schilf. An der Ostsee

und an der Nordsee gibt es viele reetgedeckte Häuser, aber auch in vielen anderen Teilen der Welt werden Schilfdächer gebaut, zum Beispiel in Asien und Afrika. Das ist eine sehr alte Technik, die aber genauso gut funktioniert wie die modernen Ziegel. Die Dächer sind stabil und regensicher. Und hübsch sieht es auch aus, oder was meint ihr?“

Die Kinder nickten. Nach dem Essen verabschiedeten sich die Familien voneinander, denn Lukas wollte zu Hause noch ein bisschen malen.

„Bist du gut im Kunstunterricht?“, wollte Lilly wissen.

Lukas zuckte mit den Schultern. „Eher nicht. Wenn der Lehrer sagt, ich soll einen Birnbaum malen, weiß ich nicht, was er will. Also male ich nichts.“

„Wieso? Einen Baum zu malen ist doch ganz einfach!“, wunderte sich Lilly.

„Eben nicht! Will der Lehrer einen ganzen Baum oder nur einen Ast? Soll er auf einer Wiese stehen oder an einem Bach? Im Frühling, Sommer, Herbst oder Winter? Das sind viele Entscheidungen, die da zu treffen sind.“

Wieder mussten Nikolas und Lilly kichern. „Und was malst du sonst so?“, wollte Lilly dann wissen.

„Ich denke mir schöne geometrische Muster aus und zeichne sie mit einem Bleistift. Willst du sie mal sehen?“

„Voll gerne!“, zitierte Lilly lachend aus einem ihrer Lieblingsfilme, „Vaiana“.

5.

DIE BERNSTEINHEXE

Als sie wieder im Auto saßen, sagte Lilly: „Lukas ist zwar nett, aber auch ein bisschen plemplem!“

Mama drehte sich zu den Kindern um und schaute sie mit einem ernsten Blick an. „Er ist nicht plemplem, sondern ein Asperger-Autist.“

„Was bedeutet das?“, fragte Nikolas erstaunt.

„Das Asperger-Syndrom ist eine autistische Entwicklungsstörung. Meist können sich Menschen mit diesem Syndrom nicht gut in andere Menschen einfühlen. Lukas zum Beispiel kann sich zwar irrsinnig viel merken, aber wenn er eine Klassenarbeit schreibt, weiß er oft nicht, was er hinschreiben soll, oder er braucht sehr viel Zeit dafür. Darum hat er eine Schulbegleitung, die ihn in der Schule unterstützt. Seine Eltern sind sehr froh, dass ihr mit Lukas spielt. Er ist meist allein mit seinem Fahrrad unterwegs und ein bisschen einsam.“

„Er scheint aber nicht unglücklich zu sein“, sagte Nikolas.

„Nein, vermutlich empfindet er das nicht so. Aber seine Eltern möchten gern, dass er mehr Kontakt zu anderen Kindern hat. Ihr könnt bestimmt viel von ihm lernen. Aber macht euch bitte nicht über ihn lustig. Das versteht er nämlich nicht.“

„Okay!“ Das würde schwer werden, denn Nikolas liebte es, andere Leute zu necken. Aber er konnte nachvollziehen, was seine Mutter erklärt hatte.

„Das Tolle an Autisten ist: Sie sagen immer die Wahrheit und haben oft enorme Fähigkeiten in einem ganz bestimmten Bereich. Viele sind zum Beispiel totale Computer-Cracks“, erzählte Papa.
„Stimmt, Lukas kennt zum Beispiel alle Filme auswendig“, bestätigte Lilly. „Das ist eigentlich voll cool.“

Kurz darauf erreichten sie den Streckelsberg. Mit seinen gerade einmal 58 Metern war er einer der höchsten Berge auf Usedom. „Wirklich hoch ist das ja nicht, aber hübsch“, sagte Papa, als sie aus dem Auto stiegen. Schon vom Parkplatz aus hatten sie einen schönen Blick von der Steilküste über die Ostsee. Ein schattiger Weg führte durch einen dichten Buchenwald zum Aussichtspunkt. Die unterschiedlichsten Vögel zwitscherten, gurrten und krächzten im Geäst.
Während sie dem Weg folgten, erzählte Mama ihnen die Sage von der Bernsteinhexe: „Die Geschichte spielt zu einer Zeit, als die Menschen auf Usedom sehr arm waren und häufig nicht genug zu essen hatten. Der Pfarrer von Koserow hatte eine Tochter, sie hieß Maria. Eines Tages beim Beerensammeln hier auf dem *Streckelsberg* fand Maria einen sehr großen und wertvollen Bernstein. Sie verkaufte den Stein und half mit dem Geld, das sie dafür bekam, den Menschen in ihrem Dorf. Viele Männer waren in die hübsche und auch sehr nette Maria verliebt, doch das Mädchen lehnte alle Heiratsanträge ab, denn sie liebte den Grafen Rüdiger von Nienkerken.

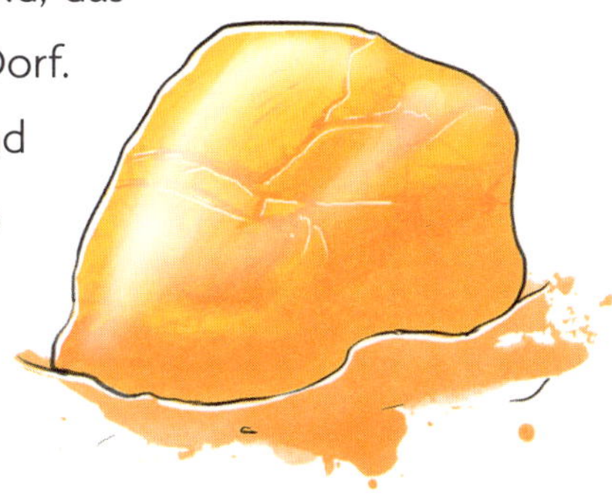

Weil der jedoch ein Graf war und sie nur eine einfache Pfarrerstochter, war eine Hochzeit nicht standesgemäß, und sie trafen sich heimlich nachts am *Streckelsberg*. Dabei trug der junge Graf einen Mantel aus grauem Wolfspelz, damit ihn niemand erkannte.

Doch eines Nachts wurden Maria und ihr Liebster von den Menschen im Dorf beobachtet. Für sie war klar: Das pelzige Wesen neben Maria konnte nur der Teufel sein – und von ihm hatte sie auch den wertvollen Bernstein bekommen.

Schnell verbreitete sich das Gerücht: Maria musste eine Hexe sein. Als der Amthauptmann, dessen Heiratsantrag Maria ebenfalls abgelehnt hatte, das hörte, nutzte er die Gelegenheit, um sich an ihr zu rächen. Er verhaftete sie, sperrte sie in den Keller des Schlosses in Pudagla und verurteilte sie schließlich zum Tode.

Sie stand bereits auf dem Scheiterhaufen, da kam in letzter Minute plötzlich ein Ritter auf seinem Pferd angeprescht. Es war Graf Rüdiger von Nienkerken, der wusste, dass Maria keine Hexe war und der seine Liebste retten wollte. Der Amthauptmann und die Dorfbewohner erschraken so sehr, dass sie ihn nicht daran hinderten. Graf Rüdiger befreite Maria und nahm sie mit auf sein Schloss in Mellenthin. Er hatte solche Angst um sie gehabt, dass es ihm nun ganz egal war, dass sie keine Adlige war – er heiratete sie trotzdem. Und von da an waren die beiden glücklich bis an ihr Lebensende."

Lilly strahlte. Sie mochte Geschichten mit einem glücklichen Ende. „Vielleicht finden wir ja auch einen Bernstein auf dem *Streckelsberg*", sagte sie hoffnungsvoll.

„Da sollten wir lieber am Strand nach suchen“, meinte Papa, „aber vielleicht entdecken wir hier ein paar interessante Tiere oder Pflanzen. Der *Streckelsberg* ist nämlich ein Naturschutzgebiet.“ Tatsächlich entdeckten sie eine Zauneidechse, ein Eichhörnchen und einen Eichelhäher.

Dann waren sie ganz oben auf dem Berg angekommen. Von hier hatten sie eine wunderbare Aussicht. Am Fuß des Berges sahen sie die Dünen und einen menschenleeren, weißen Sandstrand. Dahinter erstreckte sich – so weit das Auge reichte – die Ostsee.

Statt der Holzbuhnen schützten hier zwei lange Steinmauern weiter draußen im Meer die Küste. Nikolas musste wieder an Vineta denken. Er konnte sich gut vorstellen, dass in dieser unendlich blauen Weite

da draußen versunkende Städte lagen. Es gab ja einige davon. Er hatte schon von Atlantis gehört, und im Schwarzwald-Urlaub war die Rede von einer versunkenen Stadt im Titisee gewesen.

Auf dem Weg hinab, zurück zum Auto, blieb Nikolas gedankenverloren ein wenig hinter den anderen zurück. Er überlegte, wie die Stadt wohl damals ausgesehen haben könnte, vor tausend Jahren. Das war im Mittelalter gewesen, also hatte es bestimmt mächtige Burgen gegeben.

Er überlegte, mit Lilly darüber zu sprechen, aber die schwelgte in einer ganz anderen Vergangenheit. Vielleicht sollte er lieber Lukas fragen, der wusste doch so viel. Vielleicht ja auch etwas über Vineta?

6.

EIN ABENDESSEN BEI DEN RITTERN

„Ob Maria bei ihrer Hochzeit ein weißes Kleid angehabt hat?“, wollte Lilly wissen. „Und einen Blumenkranz in den Haaren? Aus den Blumen, die hier wachsen?“ Sie warf einen Blick auf die zarten lilablauen Leberblümchen.

Mama überlegte. „Könnte sein. Ich würde auch gern mehr darüber wissen, wie die beiden gelebt haben. Wisst ihr was? Lasst uns doch das Schloss ansehen, in dem Maria und Rüdiger gelebt haben sollen“, schlug sie vor. „Heute ist Dienstag. Da gibt es im *Wasserschloss Mellenthin* immer ein echtes Ritter-Abendessen.“

Lilly jubelte, und auch Nikolas tauchte wieder aus seinen Vineta-Träumereien auf und stimmte begeistert zu. Ob man da mit den Händen essen durfte?

Knapp zehn Minuten später lag ein kleines, offenbar sehr altes Schloss vor ihnen, das aus drei U-förmig angeordneten Gebäuden bestand und von einem Wassergraben umgeben war. *Schloss Mellenthin* war zwar schlichter als die meisten Schlösser, sah aber trotzdem würdevoll und einladend aus.

Eine steinerne Brücke, auf der zwei Löwen thronten, führte über das Wasser in den Schlosshof. Das Gebäude wurde von Scheinwerfern angestrahlt, und in einer Feuerschale flackerte ein Feuer. Es sah lustig aus, wie die Flammen wild hin- und hertanzten, fand Lilly. „Hübsch hier“, sagte Mama. „Lasst uns mal eine Runde um das Schloss gehen.“

Zuerst mussten sie jedoch an einem kleinen, gelb-rot gestreiften Häuschen Brückenzoll bezahlen. „Der wird nachher mit Ihrer Bestellung im Restaurant verrechnet“, sagte die blonde Frau, die in dem Häuschen saß, zu Mama und Papa. „Kinder, schaut doch mal, ob ihr vielleicht unseren Schlossgeist entdeckt“, schlug sie dann vor. „Manchmal zeigt er sich, wenn man vorsichtig an die Ritterrüstung am Eingang klopft. Die hat ihm nämlich früher mal gehört.“

Die Kinder sahen die Torwächterin ungläubig an.

„Viele Menschen haben ihn schon gesehen, ich leider noch nie. Aber er soll sehr nett sein“, ergänzte die Frau. „Wenn ihr ihn seht, sagt mir bitte Bescheid.“

Die Geschwister nickten grinsend, dann folgten sie Mama und Papa durch ein schmiedeeisernes Tor rechts vom Schloss und näherten sich dem trutzigen grauen Gemäuer.

Neugierig spähte die Familie in die Fenster hinein. Hinter einem von ihnen entdeckte sie einen Speisesaal. Im großen Wintergarten standen dagegen die silber- und kupferglänzenden Kessel der Schlossbrauerei. Hinter dem Schloss führte eine große Freitreppe in den Park. So langsam knurrte allen der Magen, also kehrten sie zurück in den Schlosshof mit den bunten Blumenbeeten und den Strandkörben.

Am Haupteingang stießen sie auf die Ritterrüstung, von der die Frau am Eingang gesprochen hatte. Lilly und Nikolas sahen einander fragend an, dann klopfte Nikolas zaghaft an die Rüstung. Doch nichts rührte sich. „Tja, dann ist das Schlossgespenst wohl gerade woanders unterwegs", vermutete Papa. Obwohl die Kinder nichts anderes erwartet hatten, waren sie ein klein wenig enttäuscht.

Durch den Haupteingang traten sie in einen stattlichen Saal. Die Decke war gewölbt wie in einer Kirche. Überall hingen prunkvolle Kronleuchter. Um die Säule vor ihnen war ein üppiges Buffet aufgebaut. An der Wand links prangte ein riesiger, alter Kamin. Über der Eingangstür hing ein eindrucksvolles Wappen mit einem goldenen Adler und Löwen darin und einer Krone obendrauf.

Eine junge Frau, gekleidet wie ein Burgfräulein, kam auf sie zugeeilt. „Willkommen auf *Schloss Mellenthin*", sagte sie lächelnd. „Haben Sie einen Tisch reserviert?" Mama nickte – sie hatte vorhin vom Auto aus angerufen – und nannte ihren Namen. Dann wurden sie in den benachbarten Speisesaal geführt, der ebenfalls mit Gewölbedecken, hübschen, vergitterten Fenstern und einem großen Kamin ausgestattet war.

„Ist das nicht toll hier?“, freute sich Mama, nachdem sie ihre Jacken ausgezogen und sich an den Tisch gesetzt hatten. Lilly, Nikolas und Papa nickten begeistert. Sie fühlten sich, als hätten sie eine Zeitreise ins Mittelalter gemacht.

Nachdem sie Sanddornsaft für Lilly, Nikolas und Mama sowie ein hauseigenes Bier für Papa bestellt hatten, warfen sie neugierige Blicke in die anderen Räume des Erdgeschosses und entdeckten unter anderem eine weitere Ritterrüstung. Dann brachte das Burgfräulein ihnen auch schon die Getränke. Am Buffet bedienten sie sich an den Köstlichkeiten, die sich unter silbernen Deckeln verbargen. „Hm, ist das lecker!“, schwärmte Papa nach ein paar Bissen. Der Rest der Familie konnte nur mit vollem Mund begeistert nicken.

Als sie mit dem Essen fertig waren, kamen zwei Musiker in mittelalterlicher Kleidung in den Speisesaal. Nach einer kurzen Begrüßung der Gäste begannen sie, auf ihren rundlichen Instrumenten, die wie kleine Gitarren aussahen, zu spielen und zu singen. An ihren spitz zulaufenden Schuhen klingelten kleine, goldene Glöckchen. Zwei kleine Jungen sprangen auf und tanzten, und eigentlich hätte Lilly gern mitgemacht, das war ihr dann aber doch zu peinlich.

In dem Moment sprang Papa plötzlich auf, zog Mama vom Stuhl und wirbelte sie herum. Lilly lachte verblüfft, während Nikolas peinlich berührt auf seine Bohnen mit Speck starrte. Mit denen konnte man echt nirgendwo hingehen!

Nach zwei Liedern zogen die Musikanten leider – oder glücklicherweise – weiter, und Mama und Papa sanken leicht außer Puste auf

ihre Stühle zurück. Nikolas atmete auf. „Für dich kein Bier mehr aus der Schlossbrauerei, Papa!“, sagte er tadelnd, musste dann aber doch lachen.

Nun hatte die Familie Zeit, sich einen Nachtisch auszusuchen. Es gab Schokoladencreme, Quark mit Kirschen und für die Erwachsenen Stracciatella-Rum-Creme.

Während die Kinder die köstliche Schokocreme löffelten, fragte Mama: „Soll ich euch noch eine Geschichte über das Schloss erzählen?“ Lilly und Nikolas stimmten zu. Also begann Mama zu erzählen: „Früher soll ein unterirdischer Gang von hier zum Kloster von Pudagla geführt haben. An Pudagla sind wir auf dem Weg hierher vorbeigefahren, vielleicht habt ihr die Mühle gesehen?“

Lilly nickte, und Nikolas meinte: „Das muss aber ein ganz schön langer Gang gewesen sein.“

„Ja“, stimmte Mama zu. „Gebaut haben soll ihn ein Graf, dessen Liebste gegen ihren Willen von ihren Eltern ins Kloster nach Pudagla geschickt worden war. Um das Mädchen aus dem Kloster befreien zu können, hatte der Graf angeblich den langen Tunnel gebaut. Man sagt, dass er in dem Gang eine schwere goldene Kette verloren hat. Die wird seitdem angeblich von Zwergen bewacht, die in dem Tunnel leben. Diese Zwerge sollen auch einmal einer Frau Zuflucht gewährt haben, die für etwas bestraft werden sollte, das sie nicht getan hatte. Sie durfte so lange bei ihnen unter der Erde bleiben, bis ihre Unschuld bewiesen war. Heute sind die Eingänge zum Tunnel verschüttet, und niemand kann sie mehr finden – wahrscheinlich, weil die Zwerge lieber ihre Ruhe haben wollen.“

Um dieses Schloss rankten sich wirklich viele Geschichten, fand Nikolas: geheime Tunnel, Zwerge, Ritter, die ihre Liebste retten mussten, und ein Schlossgeist – ganz schön spannend! Doch bevor er weiter darüber nachdenken konnte, kehrten die Musikanten zurück, stellten sich genau neben ihren Tisch und begannen wieder zu singen und zu spielen.
Hektisch holte Nikolas ihre Jacken von der Garderobe und informierte unterwegs die nette Kellnerin, dass seine Eltern dringend zahlen wollten.

Als sie an der Ferienwohnung ankamen, wartete Lukas schon auf sie. „Wisst ihr, Leute, ich habe mich gefragt, ob ihr heute Abend mit mir Uno spielen möchtet."
Lilly und Nikolas wechselten einen verblüfften Blick. „Uno?", fragte Lilly vorsichtig.
Lukas nickte mit einem Lächeln. „Ja, das habe ich im Autismustraining gelernt: dass Kinder ganz gerne mal Karten spielen. Uno ist eines der Spiele, die ich kenne."
„Und so etwas musst du trainieren?", fragte Nikolas verblüfft.
Lukas war nicht verlegen. „Ja, soziale Dinge fallen mir schwer. Die muss ich extra lernen. Also ... wollt ihr?"
„Ja, aber nicht mehr lange. Es ist ja schon ziemlich spät", stimmte Nikolas zu.
„Ich darf noch länger aufbleiben, denn es sind ja gerade Ferien. Ich hole meine Karten."
„Wir haben auch welche dabei", bot Lilly an.

„Nein, nein, ich spiele lieber mit meinen eigenen Karten. Da fühle ich mich sicherer."
Er flitzte davon und kam kurze Zeit später zurück. Bedächtig verteilte er die Karten und nickte dann Lilly großzügig zu. „Du darfst anfangen."
„Warum?", wollte Lilly wissen.
„Weil ich dich mag!"
Lilly kicherte und legte die erste Karte ab. Es war eine Farbwahlkarte. „Ich wünsche mir Rot!", sagte sie und fragte dann: „Und wie kommst du auf die Idee, mit uns Uno zu spielen, wenn dir so etwas schwerfällt?"
Lukas lächelte. „Einfach so. Ich habe gelernt, dass Kinder gern miteinander spielen. Also dachte ich, dass euch das vielleicht gefallen würde."
„Und das ist dir wichtig?", wunderte sich Lilly.
Lukas nickte. „Wisst ihr, Leute, ich finde eure Gesellschaft sehr erheiternd!"
Nikolas und Lilly prusteten los vor Lachen. So etwas Witziges hatten sie noch nie von einem Kind gehört!
Lukas lächelte zwar ebenfalls, hielt sich aber vorsichtshalber die Ohren zu. Er schien sehr lärmempfindlich zu sein. „Keine Feinde! Keine Feinde!", versuchte er sich selbst zu beruhigen.
Nikolas erkannte, dass Lukas in Not geriet, und boxte seiner Schwester in die Seite, damit sie wieder leiser wurde.
„Sorry!", entschuldigte er sich. „Wir wollten nicht so laut sein, aber dein Spruch war einfach zu lustig."

UNO

Vorsichtig nahm Lukas die Hände von den Ohren. „Ja, ich höre alles viel lauter als andere Menschen. Das ist auch in der Schule ein Problem. Wenn die Kinder zu laut werden, verlasse ich immer das Klassenzimmer."

„Tut uns leid, wir passen in Zukunft besser auf", versprach Lilly.

„Was war denn so lustig?", wunderte sich Lukas.

„Na, dass du unsere Gesellschaft ‚erheiternd' findest! So etwas sagt eigentlich kein Kind. Du hast geklungen wie ein kleiner Lord."

„Ah, verstehe!" Lukas blickte nachdenklich in seine Karten. „Wie hätte ich das sonst sagen sollen?"

„Na, dass du uns cool findest ... oder so."

„Ich mag das Wort ‚cool' nicht."

„Dass du uns nett findest?"

„Das klingt schon besser!"

Sie spielten zwei Runden und verloren jedes Mal gegen Lukas. Mit einem Stöhnen legte Nikolas schließlich die Karten auf die Seite. „Dafür, dass du ein Training gebraucht hast, um Kartenspielen zu lernen, spielst du ziemlich gut."

Lukas sammelte lächelnd seine Karten ein und steckte sie ordentlich zurück in die Schachtel. „Anfängerglück!", behauptete er mit einem frechen Grinsen.

7.

EIN GEFÄHRLICHER UNFALL

„Was haltet ihr von einem gemütlichen Vormittag am Strand und von einem kleinen Ausflug nach Zinnowitz am Nachmittag?", fragte Mama am nächsten Morgen beim Frühstück.

Damit waren alle einverstanden. Wenig später stapelten sich vor der Tür diverse Taschen mit Dingen, die sie unbedingt am Strand brauchen würden.

Am Strand angekommen, beschlossen Mama und Papa, einen der blau-weiß gestreiften Strandkörbe zu mieten. Lilly und Nikolas

wollten lieber buddeln und Ball spielen, also überließen sie ihren Eltern großzügig den Strandkorb. Während die Kinder versuchten, eine Stadt aus Sand zu bauen – Nikolas dachte dabei natürlich an Vineta –, holten Mama und Papa ihre Bücher aus einer der vielen Taschen.

Das Wasser war noch zu kalt, um darin zu baden, also baten Nikolas und Lilly um ein bisschen Geld, um sich im Spielzeugladen in der Strandstraße einen Drachen zu kaufen, den sie steigen lassen wollten.

„Bitte!“, flöteten die beiden, um ihre Eltern zu erweichen.

„Na schön!“, gab Papa nach und drückte ihnen einen 10-Euro-Schein in die Hand.

Glücklich verließen sie wenige Minuten später mit einem praktischen Taschendrachen in Form eines Kraken den Laden. Da erkannten sie auf der anderen Straßenseite Lukas, der wieder seine einsamen Runden auf seinem Rad drehte. Sie wollten schon rufen, als sie sahen, wie sich ein Auto dem Jungen näherte. Es blinkte plötzlich und raste an Lukas vorbei. Da Lilly und Nikolas auf der anderen Straßenseite standen, konnten sie die Einzelheiten nicht genau erkennen. Anscheinend fuhr der Fahrer zu nah an Lukas vorbei, streifte ihn und brachte ihn zu Fall. Ohne anzuhalten, fuhr das Auto einfach weiter.

Fassungslos sahen Lilly und Nikolas, wie Lukas auf den Bürgersteig knallte und bewegungslos liegenblieb. „Lukas!“, schrien Lilly und Nikolas fast gleichzeitig.

Sie rannten über die Straße und knieten sich neben Lukas, der heftig atmend neben seinem Fahrrad lag. Panisch vor Angst schrie Nikolas seiner Schwester eine Anweisung zu: „Merk dir das Kennzeichen!!!

Es ist OVP ...!“ Er stammelte den Rest und wandte sich dann Lukas zu. „Alles in Ordnung?“

Lukas nickte erst, doch dann wurde er plötzlich blass um die Nase. „Ich glaube, doch nicht“, flüsterte er. Dann verdrehten sich seine Augen, und er wurde bewusstlos.

Nikolas reagierte sofort. „Hilfe!“, schrie er. „Wir brauchen Hilfe!“ Er wusste, dass sie über die 112 einen Krankenwagen rufen mussten, aber er hatte sein Handy nicht dabei.

Ein Fußgänger näherte sich ihnen und beugte sich über Lukas. „Was ist passiert?“

„Ein Autofahrer hat ihn erwischt und ist dann einfach davongefahren!“, erklärte Nikolas. Dann drehte er sich zu seiner Schwester um, die hilflos zu weinen angefangen hatte. „Sei still! Dir ist doch gar nichts passiert!“, rief er aufgebracht, obwohl er selbst den Tränen nahe war.

Lilly schluchzte verzweifelt. „Aber Lukas!“

Während der Mann, der zu ihnen gekommen war, die Notrufnummer wählte, fragte er: „Kennt ihr den Jungen?“

„Ja, er wohnt in der Ferienwohnung neben uns.“ Lilly und Nikolas waren heilfroh, dass ein Erwachsener ihnen half.

Nachdem der Mann den Unfall gemeldet hatte, leistete er Erste Hilfe, indem er Lukas auf die Seite drehte und seine Atmung überprüfte. Auch er war sehr nervös. „Die Polizei kommt gleich ... und ein Krankenwagen auch!“, teilte er den Kindern mit. „Wie heißt euer Freund denn?“

„Lukas Gotthardt!“

„Wisst ihr, wo seine Eltern sind?"
„Wahrscheinlich in der Ferienwohnung", sagte Nikolas, heiser vor Schreck.
Drei Minuten später tauchte das Polizeifahrzeug auf, und zwei Polizisten in Uniform sprangen heraus. Sie beugten sich über Lukas und vergewisserten sich, dass er vorerst richtig versorgt worden war. Dann wandten sie sich an die Umstehenden. Inzwischen waren weitere Leute eingetroffen, die genauso erschrocken auf den verletzten Lukas blickten. Der Mann, der zuerst geholfen hatte, zeigte auf Lilly und Nikolas. „Diese beiden Kinder können Ihnen mehr erzählen! Sie haben das Ganze beobachtet."
Stotternd begann Nikolas, der Polizei zu erzählen, was er gesehen hatte. „Lukas ist hier die Straße entlanggefahren ... Dann kam plötzlich dieses Auto. Es hat ihn überholt. Und dabei irgendwie gestreift ... Dann ist es einfach weitergefahren. Lukas ist hingefallen und ... Oh Gott! Hoffentlich ist ihm nichts Schlimmes passiert!"
Der Polizist machte sich Notizen, während der andere bei Lukas blieb um sicherzugehen, dass sich sein Zustand nicht verschlechterte.
Nikolas blinzelte die Tränen weg und versuchte verzweifelt, sich auf die Fragen zu konzentrieren, die der Polizist ihm stellte. „Welche Farbe?", überlegte er. „Ich glaube, das Auto war weiß. Ein Mercedes ... Und das Kennzeichen war ..." Er drehte sich hilflos zu seiner Schwester um. „Hast du es dir gemerkt?"
Lilly stand mit großen Augen daneben und schüttelte den Kopf. „Ich kann mich nicht mehr erinnern ...", rief sie verzweifelt und fing wieder an zu weinen.

Der Polizist, der neben Lukas hockte, stand nun auf und versuchte, die beiden jungen Zeugen zu beruhigen. „Keine Angst, euer Freund wird schon wieder! Wo sind denn eure Eltern?“

„A-am Strand“, stotterte Lilly. „Wir haben nur einen Drachen gekauft.“

Der andere Polizist wandte sich wieder an Nikolas. „Weißt du noch das Kennzeichen?“

Nikolas schüttelte den Kopf. Er hatte sich so erschrocken, dass er alles vergessen hatte.

„Und konntet ihr erkennen, wer am Steuer saß?“, fragte der Polizist weiter.

Nikolas zuckte mit den Schultern. „Keine Ahnung! Es ging alles so schnell. Ich habe nur gesehen, dass es ein weißer Mercedes war, der dann dort vorn rechts abgebogen ist.“

„Und du?“, fragte der Polizist Lilly. „Kannst du dich an etwas erinnern?“

„Ich dachte eigentlich, dass das Auto silberfarben war.“

„Und die Marke?“

Lilly zuckte mit den Schultern. „Damit kenne ich mich gar nicht aus. Vielleicht ein Mercedes ... oder ein Ford.“

„Und du sagst, silberfarben?“

Lilly nickte bestätigend.

Aber Nikolas war damit nicht einverstanden. „Nein, er war weiß ... allerdings eher ein schmutziges Weiß. Und es war ganz sicher ein Mercedes!“

„Es kann auch ein schmutziges Weiß gewesen sein“, gab Lilly nun ebenfalls zu.

Endlich kam der Rettungswagen, und zwei Sanitäter kümmerten sich um Lukas, der sich langsam wieder regte. Lilly und Nikolas fiel ein Stein vom Herzen.
„Wir bringen ihn ins Kreiskrankenhaus nach Wolgast. Er ist doch ziemlich hart mit dem Kopf aufgeprallt. Da ist es besser, wenn wir das checken lassen. Gut, dass er einen Helm aufhatte!", erklärte einer der Sanitäter.
Mama und Papa kamen nun auf die Gruppe zugeeilt. Sie hatten sich gewundert, wo Lilly und Nikolas geblieben waren. „Was ist denn hier los?", wollte Papa aufgeregt wissen.
Der Polizist näherte sich und fragte: „Sind Sie die Eltern?"
„Ja, von Nikolas und Lilly ... Was ist denn passiert?"
„Ein Junge wurde von einem Wagen erfasst. Nun ermitteln wir wegen Fahrerflucht. Kennen Sie das Kind?"
„Ja, das ist Lukas Gotthardt. Seine Eltern haben die Ferienwohnung neben uns gemietet. Können wir irgendwie helfen?"
„Das können Sie tatsächlich", sagte der Polizist. „Wir fahren jetzt los und geben den Eltern Bescheid. Sie könnten ebenfalls zur Ferienwohnung kommen und die Eltern zu Lukas ins Krankenhaus bringen. Die sollten nach so einer Nachricht lieber nicht selbst fahren."
„Ja, natürlich!", sagte Mama. Auch sie war völlig schockiert.
Der Polizist räusperte sich. „So etwas hatten wir schon lange nicht mehr ... Hier ist es doch so sicher für Radfahrer."
Nikolas deutete auf die Bäume, die am Straßenrand standen. „Vielleicht war Lukas ein bisschen im Schatten und man konnte

ihn nicht so richtig sehen. Der Fahrer war aber auch etwas schnell unterwegs."

„Wir werden die Augen offen halten. Vielleicht entdecken wir ja irgendwo im Ort einen Mercedes mit Kratzspuren an der Seite. Ich kann mir nicht vorstellen, dass das Unfallauto nichts abbekommen hat."

Auch Nikolas und Lilly schworen, dass sie Ausschau halten würden. Sie hatten ein schlechtes Gewissen, dass sie sich das Kennzeichen nicht gemerkt hatten.

Voller Sorge sahen sie zu, wie Lukas vorsichtig auf eine Trage gebettet und in den Rettungswagen geschoben wurde, dann verschwand das Fahrzeug mit Blaulicht in Richtung Festland.

Die Polizei lud das Fahrrad zur Spurensicherung in den Kofferraum. Familie Sonnenschein eilte zum Strand, um ihre Sachen zu holen und zur Ferienwohnung zurückzufahren. Während Papa mit Lukas' aufgelösten Eltern nach Wolgast fuhr, beschloss Mama, Lilly und Nikolas abzulenken. Sie holte beim Bäcker ein paar belegte Brötchen und Kuchen, die sie dann gemeinsam auf der Terrasse verputzten. Natürlich erzählten Nikolas und Lilly genau, was sie gesehen hatten. Immer noch wurmte es sie, dass sie sich das Kennzeichen nicht gemerkt hatten.

„Das war der Schreck", erklärte Mama. „Da speichert das Gehirn solche Informationen nicht ab."

„Aber wir werden die Augen offen halten! Vielleicht erwischen wir den Fahrer ja!"

„Macht das!"

8.

UNTERWASSERWELTEN UND PIRATEN IN ZINNOWITZ

Am frühen Nachmittag kam Papa zurück. Lukas' Eltern wollten bei ihrem Sohn im Krankenhaus bleiben. Es ging ihm den Umständen entsprechend gut, berichtete Papa. Der Rest der Familie atmete erleichtert auf.

„Lasst uns nach Zinnowitz fahren", sagte Mama. „Das lenkt uns ein wenig ab."

Niemand widersprach, denn alle wollten gern auf andere Gedanken kommen. Zehn Minuten später waren sie schon da und stellten das Auto ab. Gemütlich schlenderten sie die Neue Strandstraße entlang und bewunderten die hübschen Häuser. Als sie die *Seebrücke* fast erreicht hatten, entdeckte Nikolas rechts davon ein etwas merkwürdig aussehendes Gebäude, aus dessen Dach eine Art Kran ragte, auf dem in luftiger Höhe eine rot-blaue Kuppel saß. „Was ist das?", fragte Nikolas.

„Das ist die *Promenadenhalle*. Da wollen wir als Nächstes hin", erklärte Mama. „Aber jetzt gehen wir erstmal zur *Seebrücke*. Sie trägt den Namen *Vineta*."

Sofort war Lillys und Nikolas' Interesse geweckt. Gut 300 Meter weit ragte die schlichte Brücke aus Holz und Beton in die Ostsee hinein. Lilly und Nikolas rannten los. Mama und Papa ließen sich

RESTAURANT

etwas mehr Zeit und genossen den Blick über die Ostsee und auf die schönen Häuser von Zinnowitz. Am linken Ende befand sich ein silbern-türkisfarbenes Gebilde, dessen Form ein wenig an einen Pilz erinnerte. „Eine *Tauchgondel*!“, rief Nikolas erfreut. Er kannte das schon von der Insel Rügen und aus Zingst.

„Können wir damit fahren?“, fragte Lilly erwartungsvoll.

„Na klar“, sagte Mama. „Das ist doch immer wieder ein schönes Erlebnis.“

Kurze Zeit später tauchten sie in die Unterwasserwelt der Ostsee. Kleine Fischschwärme lugten neugierig durchs Fenster, Quallen schwebten vorbei, und sogar einen Krebs konnten die Kinder entdecken. Ein Mitarbeiter erzählte Interessantes über die Tierwelt in der Ostsee, und ein 3D-Film zeigte tolle Unterwasserbilder.

Nach ihrer Tauchfahrt betraten sie dann die *Promenadenhalle*. Die Lounge im Erdgeschoss wirkte, als wäre sie direkt von einer tropischen Insel hierher teleportiert worden.

Mit dem Fahrstuhl fuhren sie in die erste Etage. Hier gab es einen großen Kinderspielbereich mit Aquarium, Kickertisch, Air-Hockey und vielem mehr. Über einer Tür stand „4D-Piratenspiel“. Neugierig spähte Nikolas in den Raum. Vor einer Kinoleinwand sah er vier Kanonen und an der hinteren Wand einen roten Sessel und ein Steuerrad.

Der Film, der gerade abgespielt wurde, zeigte ein Piratenschiff auf stürmischer See. Plötzlich tauchte ein bärtiger Mann auf. Es war der Kommandant von Zinnowitz, und er bat die Familie, ihm zu helfen, die Stadt vor den Piraten zu beschützen. Papa warf ein paar Münzen in einen Kasten an der Wand. „Jetzt können wir auf die Piratenschiffe

schießen und sie versenken“, erklärte er und zeigte den Kindern, wie die Kanonen funktionierten. „Mama übernimmt das Steuer.“

„Aye, aye, Käpten“, sagte Mama und nahm auf dem roten Sessel Platz. Geschickt steuerte sie das Schiff, während Lilly, Nikolas und Papa die Piratenschiffe so lange beschossen, bis diese aufgaben und davonsegelten. Doch gerade, als sie glaubten, sie hätten es geschafft, tauchte ein riesiger Krake – größer als jedes Schiff – vor ihnen auf. Jetzt mussten sie noch einmal alles geben!

Nachdem sie auch den Riesenkraken besiegt hatten, lobte der Kommandant von Zinnowitz sie und versprach ihnen zum Dank für die Rettung der Stadt einen großen Schatz. Auf der Leinwand fielen nun jede Menge Goldmünzen vom Himmel.

„Wir haben's geschafft!“, jubelte Nikolas. „Das war echt klasse!“

Während sie den Raum verließen, fragte er: „Was war eigentlich dieses komische Ufo, das wir von draußen gesehen haben?“

Mama und Papa schauten sich um. „Da ist es!“, rief Mama. Der kleine, runde Raum bestand fast nur aus Fenstern. Es gab sechs Tische, die alle besetzt waren. „Das ist das *Lift-Café*. Wenn sich die Türen schließen, fährt es noch 15 Meter nach oben. Dann kann man hier etwas essen oder trinken und dabei über die Ostsee oder über Zinnowitz schauen“, erklärte Mama. „Aber leider ist schon alles voll. Man muss bestimmt reservieren.“

„Nicht schlimm, über die Ostsee können wir auch draußen schauen. Aber wollen wir unten in der coolen Bar etwas essen?“, schlug Nikolas vor, der von der Seeschlacht ziemlich hungrig war. Damit waren alle einverstanden.

Als sie in Richtung Fahrstuhl gingen, drehte Nikolas sich noch einmal um und entdeckte gegenüber der Bar eine Glasvitrine, in der allerlei offenbar sehr alte Dinge lagen: eine goldene Schatztruhe, Bücher, Seile, Kleidungsstücke und Teile einer Ritterrüstung, ein Säbel und ein Schwert, goldenes und silbernes Geschirr, Schmuck, Goldbarren und sogar eine goldene Krone, die mit Edelsteinen besetzt war. Auch Lilly war stehengeblieben.

„Wo bleibt ihr denn?", fragte Papa schließlich und stellte sich neben die Kinder. „Oh, ein paar Fundstücke aus Vineta", sagte er.

Nikolas stockte der Atem. ‚Es gibt Vineta also doch', dachte er und nahm sich vor, Lukas nach versunkenen Städten zu fragen, sobald er wieder aus dem Krankenhaus zurückkam.

Der Ausflug hatte Nikolas den Vorfall am Vormittag für kurze Zeit fast vergessen lassen, doch der Gedanke an Lukas rüttelte ihn praktisch wieder wach. Auf dem Weg zurück nach Karlshagen schmiedeten Lilly und Nikolas einen neuen Plan: Sie wollten sich auf die Lauer legen und die Gegend ausspionieren. Vielleicht fanden sie

ja das weiße – oder silberne – Auto und den Täter oder die Täterin.
„Wo die Person wohl hinwollte?“, überlegte Nikolas.
„Ich finde es eine Frechheit, dass er oder sie einfach abgehauen ist“, empörte sich Lilly.
Nikolas nickte. „Das Auto kam von der Strandstraße und ist rechts abgebogen. Wo könnte man da hinfahren?“
Lilly überlegte. „Zum Supermarkt?“
„Ja, genau! Vielleicht kauft diese Person ja regelmäßig dort ein. Wir sollten mal den Parkplatz kontrollieren.“
„Prima Idee!“, rief Lilly aufgeregt.
Sie sagten ihren Eltern Bescheid, dass sie noch kurz zum Supermarkt gehen wollten, um Kaugummis zu kaufen, und Mama gab ihnen Geld mit, weil sie noch Milch brauchte.
Unterwegs hielten sie fleißig Ausschau. Doch obwohl sie alles sorgfältig untersuchten und sich wie Detektive vorkamen, erreichten sie an diesem Abend nichts. Enttäuscht kehrten sie nach Hause zurück, wo die Eltern von Lukas auf sie warteten.
„Wie geht es ihm denn?“, fragte Lilly mitfühlend.
„Ganz gut! Er hat eine leichte Gehirnerschütterung und bleibt heute Nacht zur Beobachtung im Krankenhaus. Danke, dass ihr ihm geholfen habt!“, sagte Lukas’ Mutter.
„Das war doch selbstverständlich!“, meinte Nikolas. „Hat die Polizei denn schon herausgefunden, wer es war?“
„Leider nicht“, sagte der Vater. „Aber ich hoffe, dass sie ihn oder sie erwischen werden. Einfach ein Kind anzufahren und dann hilflos zurückzulassen, ist ja wohl wirklich das Allerletzte!“

9.

PIRANHAS UND EDELSTEINE

„Sind meine tapferen Piraten-Jäger heute fit für einen weiteren Ausflug?“, fragte Mama am nächsten Morgen, als die Geschwister in ihren Schlafanzügen ins Wohnzimmer kamen. Lilly und Nikolas nickten munter und unternehmungslustig. „Na dann, ab ins Bad mit euch, das Frühstück ist gleich fertig“, sagte Mama.

„Aber am Nachmittag wollen wir wieder hier sein“, forderte Lilly.

„Warum denn?“

„Weil Lukas dann bestimmt wieder hier ist. Außerdem müssen wir Ausschau nach dem Auto halten, von dem Lukas angefahren wurde.“

„Für so etwas ist eigentlich die Polizei zuständig“, wandte Papa ein.

„Wir wollten ja auch nur ein bisschen schauen, und wenn uns etwas auffällt, das Kennzeichen notieren.“

„Mal sehen“, brummte Papa. Er wusste, wie gern seine Kinder Detektiv spielten.

Nach dem Frühstück machten sie sich auf den Weg. Diesmal fuhren sie etwas länger über die Insel – an Zinnowitz, Koserow und anderen Orten vorbei, bis sie Heringsdorf erreichten. Die *Naturerlebniswelt* lag direkt an der Hauptstraße. Nachdem Papa geparkt hatte, sprangen Lilly und Nikolas sofort aus dem Auto.

Vor einer Halle gab es einen kleinen Garten, in dem ein riesiger Dinosaurier stand – ein Triceratops, wie Nikolas fachmännisch feststellte. Außerdem sahen sie ein hölzernes Wasserrad, einen

Teich und ein Labyrinth. Neugierig erkundeten die Kinder den Garten, während Mama und Papa ein Beet bewunderten, an dessen Rand Hunderte Amethyste lagen – kostbare Halbedelsteine, deren Kristalle in unterschiedlichen Lilatönen leuchteten. „Lasst uns reingehen, da sehen wir bestimmt noch ein paar größere Exemplare", sagte Papa.

Gleich hinter der Eingangstür warteten die ersten Aquarien mit wunderschönen Goldfischen in verschiedenen Farben. Einige machten ihrem Namen alle Ehre: Sie sahen wirklich aus, als wären sie aus Gold oder Silber. In dem Aquarium daneben saßen komisch aussehende Tiere auf dem Boden des Wassers – eine Mischung aus Fisch, Echse und weißer Maus, fand Nikolas. Statt Ohren hatten sie rote Kiemen.

„Das sind Axolotl, Querzahnmolche", erklärte Papa, während er den Eintritt für alle bezahlte. „Diese Tiere gibt es nur in zwei Seen in Mexiko. Sie können etwas ziemlich Tolles: Wenn sie sich verletzen, wenn zum Beispiel der Schwanz oder ein Bein abreißt, wächst es wieder nach." Lilly und Nikolas staunten.

Auch in den nächsten beiden Räumen gab es jede Menge schön gestalteter Aquarien mit den unterschiedlichsten Fischen. Besonders gefielen Lilly und Nikolas die Diskusfische, der Rote Neon mit dem leuchtend blauen Streifen an der Seite und die

Zwerggarnelen, die nur zwei Zentimeter groß waren.

„Habt ihr schon die Piranhas gesehen?“, rief Papa. Lilly und Nikolas flitzten schnell zu ihm hinüber. „Piranha heißt so etwas wie ‚Zahnfisch‘“, erklärte Papa. „Sie leben in großen Schwärmen in Flüssen in Südamerika und fressen jedes Tier, das sie erwischen, blitzschnell auf.“

Eigentlich sahen die etwa 15 Zentimeter langen Fische recht harmlos aus, fand Nikolas, fast ein bisschen dumm.

„Fressen die auch Menschen?“, wollte Lilly wissen.

„Das wird oft behauptet, aber hier steht, es ist noch nie ein Mensch durch eine Piranha-Attacke zu Tode gekommen“, sagte Papa. „Ich hab aber mal gelesen, dass sie durchaus schon Menschen angefressen haben. Aber die Menschen, die an den südamerikanischen Flüssen leben, in denen es Piranhas gibt, gehen dort ohne Bedenken schwimmen, weil die Fische lieber andere Lebewesen fressen als Menschen.“

Plötzlich hörte Nikolas ein Plätschern. Es kam aus der dunklen Höhle, die sich an die beiden Räume mit den Aquarien anschloss. Als Lilly und Nikolas die Höhle betraten, sahen sie, dass es überall glitzerte und funkelte. Wände und Decke bestanden komplett aus Amethysten, den lila Quarzsteinen, die sie bereits draußen im Garten bewundert hatten. In einer Nische stand ein kleiner Brunnen, der fröhlich plätscherte.

„Wow!“, murmelte Nikolas.

„Ist das schön!“, meinte Lilly.

Langsam durchquerten sie die Höhle und konnten sich gar nicht sattsehen. „Früher glaubten die Menschen, Amethyste hätten eine heilende Wirkung. Also muss diese Höhle hier eigentlich dafür sorgen, dass wir sehr lange nicht mehr krank werden“, sagte Mama grinsend.

Im nächsten Raum entdeckten sie noch mehr von den kostbaren Steinen. Auf einem Sockel lag ein riesiger Stein mit einem großen Loch. Dadurch konnte man sehen, dass der Stein innen hohl war und seine Wände aus Amethysten bestanden. „So einen Stein nennt man Druse“, sagte Mama. „Und das hier ist eine der größten Edelsteindrusen der Welt. Der Stein kommt aus Brasilien und wiegt fünf Tonnen – so viel wie ein ausgewachsener afrikanischer Elefant. Stellt euch das mal vor! Er ist 50 Millionen Jahre alt, also fast so alt wie die Dinosaurier. Auch die Form ist extrem selten, darum ist der Stein sehr wertvoll.“

„Das muss ja ganz schön schwer gewesen sein, den zu finden und dann auch noch hierherzuschleppen.“ Lilly war fasziniert.

Nikolas sah sich bereits einen weiteren Edelstein an – einen 1,3 Tonnen schweren, rosa schimmernden Rosenquarz. „Das hier wäre bestimmt auch etwas für Lukas!“, bemerkte Nikolas, der kurz an seinen Freund denken musste.

„Wir können seinen Eltern ja einen Tipp geben. Dann können sie mit ihm einen Ausflug machen, wenn er wieder aus dem Krankenhaus kommt.“

„Super Idee! Wir machen eine Liste mit Sehenswürdigkeiten für ihn!“

In den anderen Räumen erwarteten sie noch Schaukästen und Terrarien mit Insekten, Vitrinen mit Schnecken und Muscheln, aber auch tolle Fossilien. Im Shop legten sie einen Teil ihres Ferientaschengeldes zusammen, um Lukas einen Muschelabdruck zu kaufen. Darüber würde er sich bestimmt freuen, wenn er aus dem Krankenhaus zurück war.

Anschließend machte sich die Familie auf den Weg zum neu eröffneten *Baumwipfelpfad* in Heringsdorf. Die Konstruktion stand in einem Wäldchen, nicht weit vom Ort entfernt. Ein 1.350 Meter langer Steg aus Stahl und Holz führte auf der Höhe der Baumkronen quer durch den Wald. Tafeln informierten über die Bäume und all ihre tierischen Bewohner. Das Herzstück war ein 33 Meter hoher Turm, den man über eine Rampe besteigen konnte.

„Was für eine Aussicht!", rief Mama, ihrer Höhenangst zum Trotz, begeistert. Sie konnten über den Wald, den Ort und das Meer blicken.

Am spannendsten fand Nikolas das Netz, das in der Mitte des Turms angebracht war – 30 Meter über dem Boden. Vorsichtig betrat Nikolas die Maschen. Doch als er durch das Netz zum Boden hinuntersah, wurde ihm ein bisschen schwindelig. Puh, war das hoch! Da lief Lilly an ihm vorbei und brachte ihn fast aus dem Gleichgewicht. „Lass das!", rief er aufgebracht und sprang schnell wieder auf den sicheren Holzboden. „Ich frage mich, wie Eichhörnchen so hoch in den Wipfeln von Ast zu Ast springen können."

Lilly kicherte. „Die sind ja viel leichter als wir!"

„Aber auch viel kleiner! Überleg mal, wie hoch das für ein so kleines Tier sein muss!"

„Stimmt!" Lilly runzelte die Stirn. „Stürzen Eichhörnchen eigentlich manchmal vom Baum herunter?"

Papa hob ratlos die Schultern. „Keine Ahnung! Ihr kommt vielleicht auf Ideen!" Aber er schnappte sich sein Smartphone und forschte nach. Eine Minute später hatte er die Antwort: „Dass Eichhörnchen vom Baum fallen, kommt nur sehr selten vor, und selbst wenn, verletzen sie sich normalerweise nicht."

Am Nachmittag stromerten Lilly und Nikolas wieder durch Karlshagen – auf der Suche nach dem Fahrzeug, das Lukas verletzt hatte. „Vielleicht haben wir heute mehr Glück."
„Wie kommst du darauf?", wollte Lilly wissen.
„Na ja, wenn der Fahrer tatsächlich zum Supermarkt wollte, dann fährt er dort vielleicht heute wieder hin", meinte Nikolas.
Das leuchtete auch Lilly ein. Dann runzelte sie die Stirn. „Und wenn derjenige nur zufällig hier war?"
„Dann erwischen wir ihn auch nicht."
„Hm."
Aufmerksam beobachteten die beiden den Verkehr auf der Strandstraße, dann wurde es ihnen zu langweilig. „Gehen wir lieber zum Supermarkt und schauen dort nach den parkenden Autos", schlug Nikolas vor.
„Aber nicht zu lange", meinte Lilly. „Vielleicht ist Lukas ja schon wieder aus dem Krankenhaus zurück. Dann könnten wir ihn besuchen."
„Okay!"
Sie trotteten zum Parkplatz und schauten sich nach weißen Autos um. Eines fiel ihnen besonders auf, das zwar kein Mercedes, sondern ein Škoda war, aber immerhin in einem schmutzigen Weiß.
An der Seite hatte das Auto eine kleine Kratzspur, die aber nicht unbedingt von einem Fahrrad stammen musste.

Sie legten sich auf die Lauer und warteten darauf, dass der Besitzer aus dem Geschäft kam. Es dauerte nicht lange, und eine ältere Dame mit einem Einkaufswagen kam näher. Sie trippelte auf Schuhen mit zu hohen Absätzen und war etwas kurzatmig. Das Laufen schien ihr ziemlich schwerzufallen.

Sie verstaute die Einkäufe im Kofferraum, brachte den Einkaufswagen zurück und stöckelte dann unsicher zu ihrem Auto zurück. Ungeschickt setzte sie sich auf den Fahrersitz und startete den Motor. Dann fuhr sie vorsichtig aus der Parklücke, und fast im Schritttempo bog sie auf die Straße ab. Konnte diese alte Dame die Täterin sein? Unsicher blickten die Kinder einander an. „Was meinst du?", fragte Lilly.

„Nee!“, sagte Nikolas bestimmt. „Die fährt so vorsichtig, dass sie Lukas ganz bestimmt nicht angefahren hätte. Und ich glaube auch nicht, dass eine alte Dame Fahrerflucht begehen würde.“

Lilly schaute auf ihren Zettel, auf dem sie sich das Kennzeichen notiert hatte. „Jedenfalls ist sie von hier ...“

„Oder aus der näheren Umgebung.“

„Soll ich ihr Kennzeichen streichen?“

„Nein, lass mal. Wir sammeln erst einmal alle in Frage kommenden Kennzeichen und sehen dann weiter.“

An diesem Tag fanden sie noch zwei weitere auffällige Autos: Einen silbergrauen, schmutzigen Mercedes, der einem jungen Mann gehörte, aber keinerlei Kratzspuren aufwies, und einen weißen Mercedes, der blitzblank geputzt war und einem älteren Herrn gehörte. „Vielleicht war der in der Waschanlage und hat alle Spuren beseitigt“, vermutete Nikolas. Auch dieses Kennzeichen schrieben sie auf.

Am Abend wollten sie Lukas besuchen, doch seine Eltern erzählten, dass er noch einen weiteren Tag zur Beobachtung im Krankenhaus bleiben musste. Bisher hatten auch die Nachforschungen der Polizei nichts ergeben.

„Hoffentlich ist Lukas bald wieder ganz gesund“, sagte Nikolas. „Wir haben heute die *Naturerlebniswelt* in Heringsdorf besucht. Das war richtig schön! Wir denken, dass es auch Lukas dort gefallen würde – da gibt es auch eine Höhle mit Amethysten.“

„Das ist ja interessant“, freute sich Lukas’ Vater. „Da fahren wir auf jeden Fall hin! Danke.“

10.

WO KAISER BADETEN

Am nächsten Tag fuhren die Sonnenscheins ein weiteres Mal nach Heringsdorf. Sie wollten eine Rundfahrt mit dem *Kaiserbäder-Express* machen. Zur Haltestelle vor dem Maritim-Hotel mussten sie eine Weile laufen. Weil die nächste Bahn erst zwanzig Minuten später fahren sollte, schlenderten sie hinüber zu einem Eisstand. „Jeder darf zwei Kugeln haben", sagte Papa. Nikolas entschied sich für Stracciatella und Erdbeere, Lilly für Schokolade und Schlumpfeis. Sie hatten ihr Eis gerade aufgegessen, als die hübsche, weiß-blaue Bimmelbahn mit einem lauten Klingeln angefahren kam. Nikolas entdeckte noch ein paar freie Plätze im ersten Wagen.

Während Papa beim Fahrer ihre Fahrkarten kaufte, kletterten Mama, Lilly und Nikolas schon hinein.
Kurze Zeit später tuckerte die kleine Bahn los in Richtung Ahlbeck. Unterwegs berichtete der Fahrer, dass früher viele adlige und reiche Leute hier Urlaub gemacht und sich wunderschöne Häuser, ja, fast kleine Schlösser, gebaut hatten. Sogar der letzte deutsche Kaiser, Wilhlem II., hatte damals die Ferien hier verbracht. Darum nannte man Ahlbeck, Heringsdorf und Bansin heute auch die drei Kaiserbäder.
An der hübschen Seebrücke in Ahlbeck machten sie halt, um Leute ein- und aussteigen zu lassen. „Die Brücke ist über hundert Jahre alt, also noch älter als die in Sellin auf Rügen“, erklärte Mama. „Heringsdorf hatte sogar noch eher eine Seebrücke, aber die wurde schon vor sehr langer Zeit abgerissen – als Oma und Opa noch Kinder waren.

Die neue Brücke gibt es erst seit ungefähr zwanzig Jahren. Sie ist mit über 500 Metern die längste Seebrücke Europas."

Schließlich ging die Fahrt über eine andere Straße zurück nach Heringsdorf und – entlang an weiteren traumhaft schönen Häusern – weiter nach Bansin. Dort stiegen sie aus. „Was haltet ihr von einem Besuch im *Tropenhaus Bansin*?", wollte Mama wissen. „Da gibt es Schlangen, Leguane, Affen und andere exotische Tiere."
„Oh ja!", rief Nikolas. Er mochte Schlangen und Leguane, Lilly freute sich eher auf die Äffchen.
Mama warf einen Blick auf einen Stadtplan und lotste den Rest der Familie durch den Ort. Unterwegs erklärte sie den Kindern, warum jedes der Seebäder auch eine Seebrücke hatte: „Früher kamen viele Leute mit großen Schiffen auf die Insel. Die lagen ganz schön tief im Wasser und konnten daher nicht bis ans Ufer fahren. Also ankerten sie weit draußen vor der Küste, und die Passagiere mussten in kleine Boote umsteigen, die sie und ihr Gepäck dann an Land brachten. Das war ganz schön gefährlich. Also fing man an, Seebrücken zu bauen, die weit ins Meer hineinragten – bis zu einer Stelle, die tief genug für die Schiffe war. Dort konnten die Schiffe nun festmachen und viel einfacher be- und entladen werden – und die wohlhabenden Urlaubsgäste bekamen keine nassen Füße mehr."
Mama lächelte, und auch Lilly und Nikolas mussten lachen, als sie sich vorstellten, wie die feinen Damen mit ihren langen Kleidern und Sonnenschirmchen barfuß aus einem kleinen Ruderboot an Land kletterten.

11.

EIN AUSFLUG IN DIE TROPEN

Inzwischen hatten sie das Hotel, in dem sich das *Tropenhaus* befand, erreicht. Während Papa ihre Eintrittskarten kaufte, öffnete Nikolas schon einmal neugierig die Glastür, die zu den Tieren führen sollte. Direkt vor ihm saß eine große Schildkröte auf dem Boden und schaute ihn an. Die Kinder hockten sich neben die Schildkröte und berührten vorsichtig den Panzer. Die Eltern zogen erst einmal ihre Jacken aus, denn hier war es ziemlich warm.

„Schaut mal, die Chinchillas!“, rief Mama nun. In einem schönen, goldverzierten Holzkäfig saßen drei kleine Tiere mit weichem, hellem Fell aneinandergekuschelt und schliefen. Sie sahen wirklich niedlich aus. In dem Käfig daneben sollten ein paar Wüstenrennmäuse wohnen, die sich allerdings in ihren Sandgängen gut versteckt hielten. Also folgte Familie Sonnenschein weiter dem langen, relativ dunklen Gang des *Tropenhauses*.

Nikolas und Papa bewunderten die Schlangen, Leguane und Geckos, die in den Terrarien links und rechts des Gangs lebten. Die meisten Tiere bewegten sich ebenso wenig wie die Schildkröte, die immer noch an der Tür saß, aber eine Schlange kroch gerade einen Ast empor und streckte dabei ihre Zunge heraus. Ein Leguan saß unter einer Lampe und schien sich zu sonnen.

Mama und Lilly beobachteten inzwischen die putzigen Baumstreifenhörnchen, die munter auf Ästen herumhopsten. Eins knabberte an einem riesigen Tannenzapfen. „Die sehen fast so aus wie Eichhörnchen", sagte Lilly. „Nur ihr Fell ist braun gestreift statt rot."

„Die sind bestimmt miteinander verwandt", sagte Mama.

Ein paar Schritte weiter lag ein großer Raum mit einem Glasdach, durch das die Sonne schien. An der Wand hing ein Zettel mit der Aufschrift „Vorsicht! Freilaufender Leguan". Doch so sehr sie auch suchten, den Leguan konnten sie nirgends entdecken. Dafür lebten inmitten von Palmen und anderen exotischen Pflanzen zwanzig Wasserschildkröten in einem blauen Wasserbecken, und am anderen Ende des Raumes gab es ein Gehege, in dem sechs kleine Landschildkröten zu Hause waren. Dazwischen war ein leeres Gehege. „Bestimmt wohnt da die Schildkröte, die uns am Eingang begrüßt hat", vermutete Papa. „Es gibt hier also keine freilaufenden Leguane, sondern eine entlaufene Schildkröte." Die Kinder lachten.

Auf dem Rückweg entdeckten sie noch ein Terrarium mit Afrikanischen Riesenschnecken. „Es gibt ja Länder, in denen die Leute Schnecken essen. Bei diesen lohnt sich das wenigstens", meinte Mama lachend. Lilly schüttelte sich. Sie fand die Vorstellung eklig, etwas so Schleimiges zu essen.

Dann kamen sie am Käfig eines Weißen Streifenhörnchens vorbei, das aber viel weniger munter als seine braun gestreiften Verwandten war.

„Irgendwo muss es hier noch ein Streichelgehege geben", sagte Papa und schaute sich suchend um. „Eigentlich kann es nur diese Tür hier sein", sagte er und zeigte auf eine zweite Glastür in der Nähe des Chinchilla-Käfigs, die nach draußen führte.

Papa hatte recht: Dort gab es nicht nur Käfige mit Papageien, Nymphensittichen und anderen exotischen Vögeln, sondern auch ein Gehege mit Ziegen und Alpakas, die gern an den Holzzaun kamen, um sich streicheln und füttern zu lassen. Um dorthin zu gelangen, mussten sie eine kleine Holzleiter hinunterklettern. Eine winzige, schwarz-weiße Ziege mit langem, kuscheligem Fell stand vor dem Gehege und strich den Besucherinnen und Besuchern um die Beine.

Papa hatte am Eingang vorher bereits zwei kleine Plastiktüten mit Futter für die Tiere gekauft. Mutig streute Nikolas sich ein paar der Körner auf die Hand und hielt sie der kleinen Ziege hin. „Hihi, das kitzelt!", lachte er, als die Ziege ihm sanft aus der Hand fraß.

Lilly warf ihre Körner lieber hinter den Zaun, damit die Tiere dort auch etwas abbekamen. Ein großer Ziegenbock wollte alles für sich haben und jagte eine schwarze Ziege fort. Als er alles aufgefressen hatte, rannte er mit den Hörnern gegen den Zaun, als ob er sich beschweren wollte, dass sie nicht mehr Körner mitgebracht hatten. Lilly erschrak erst, musste dann aber lachen.

Auch Mama kicherte. „Der ist wirklich ganz schön bockig", sagte sie amüsiert.

Die beiden Alpakas interessierte die ganze Aufregung nicht – sie fraßen gemütlich ihr Heu aus der Krippe, die weiter hinten im Gehege stand. „Die sind wirklich niedlich", sagte Mama. „Und wisst ihr was? Ihre Wolle ist sehr kostbar. Vielleicht sollten wir uns so eins als Rasenmäher holen."

„Die fressen aber bestimmt nicht nur den Rasen, sondern auch deine Blumen", gab Papa grinsend zu bedenken.

Als die Tiere das Futter aufgefressen hatten, kletterten Lilly und Nikolas mit ihren Eltern die Holzleiter wieder hinauf. Ein paar Schritte weiter entdeckten sie dann zwei Frettchen – eines mit hellem Fell und ein braun-graues, das eher wie ein Waschbär aussah. Geschickt kletterten die beiden innen an ihrem Käfig hoch und hingen dann kopfüber von der Decke. Ein ähnlich guter Kletterer war der Nasenbär, der ebenfalls am Drahtgitter seines Käfigdachs entlanglief.

„Oh, wie süß!", rief Lilly, als sie schließlich den winzigen Weißbüschelaffen entdeckte.

„Und was ist das? Ein Riesenmeerschwein ?", wollte Nikolas beim Blick in den nächsten Käfig wissen.

„Stimmt." Mama lachte. „Da steht, das ist ein Aguti. Die leben wie die Meerschweinchen in Südamerika und sind tatsächlich mit ihnen verwandt."

12.

LUKAS' RÜCKKEHR UND EINE GANZ NEUE SPUR

Als sie wieder in ihre Ferienwohnung zurückgekehrt waren, machten sich Nikolas und Lilly auf den Weg, um ihre Detektivarbeit fortzusetzen. Mama gab ihnen Geld, damit sie aus dem Supermarkt wieder ein paar Einkäufe mitbrachten. „Ach, Manno, wir wollen uns doch auf die Lauer legen!“, beschwerte sich Nikolas.

„Das könnt ihr ja auch – und wenn ihr mit eurer Detektivarbeit fertig seid, kauft ihr zum Schluss noch die paar Kleinigkeiten.“

„Na schön!“, willigte Nikolas ein.

Dieses Mal flitzten sie gleich zum Parkplatz und inspizierten die parkenden Autos. Jedes weiße oder silberfarbene Auto wurde genau unter die Lupe genommen. Einmal kam ein Mann und fragte sie, warum sie denn um die Autos herumschlichen. „Was macht ihr hier eigentlich?“

„Och, wir schauen uns nur um“, wich Nikolas mit hochrotem Kopf aus.

„Lasst euch bloß nicht erwischen, dass ihr hier was klaut oder beschädigt!“, murrte der Mann unhöflich.

„Aber nein, wir schauen nur, ob jemand hier einen kleinen Schaden an seinem Auto hat. Unser Freund ist nämlich angefahren worden.“

„Ach so ... Na, bei mir ist jedenfalls nichts“, versicherte der Mann nun wesentlich freundlicher. Sicherheitshalber vergewisserten sich Lilly und Nikolas, ob das stimmte, aber an der rechten Seite des Autos

waren tatsächlich keine Spuren zu erkennen. „Wollt ihr denn später mal zur Polizei?“, erkundigte sich der Mann.
„Mal sehen“, antwortete Nikolas. „Das habe ich noch nicht entschieden.“
Mit drei neuen Kennzeichen auf ihrer Liste kehrten die beiden in die Ferienwohnung zurück. Die Tür der Nachbarwohnung öffnete sich, und ein strahlender Lukas kam ihnen entgegen. „He, Leute, ich bin wieder da!“, rief er fröhlich.
Lilly und Nikolas begrüßten ihn erleichtert. „Wie geht es dir denn?“, fragte Lilly.
„Ganz gut! In den nächsten Tagen darf ich bloß nicht Rad fahren. Das wird ganz schön langweilig. Aber meine Eltern haben mir versprochen, ein paar Ausflüge zu machen.“
„Cool! Du musst dir unbedingt die *Naturerlebniswelt* in Heringsdorf ansehen! Da gibt es eine Höhle mit Amethysten!“
„Haben mir meine Eltern schon vorgeschlagen. Das wird klasse wie nie!“ Plötzlich klang er wieder wie Dschinni aus Aladdin.
Nikolas lachte kurz, dann wurde er ernst. „Hast du was von der Polizei erfahren? Ich meine, haben sie den Schuldigen erwischt?“
Lukas schüttelte den Kopf. „Bisher nicht. Aber sie haben auch noch nicht mit mir gesprochen, weil ich mich erst erholen sollte.“
Lilly und Nikolas senkten die Köpfe. „Wenn wir uns nur das Kennzeichen besser gemerkt hätten.“
„Welches Kennzeichen?“, wollte Lukas wissen.
„Na, das von dem Auto, das dich angefahren hat. Ich habe es Lilly noch zugerufen, damit sie es sich merkt, aber wir haben es beide vor

lauter Schreck vergessen. Wir wissen nur noch, dass es etwas mit OVP war."

„Oh, OVP-CK-0912", schnurrte Lukas die Buchstaben und Zahlen herunter.

Lilly und Nikolas sahen ihn sprachlos an. „Woher weißt du das?"

„Na, ich merke mir doch alles, was jemand sagt. Ich hörte noch, wie du Lilly das Kennzeichen zugerufen hast."

„Ja, aber wieso hast du denn das nicht der Polizei gemeldet?"

Lukas hob verlegen die Schultern. „Weil mich niemand gefragt hat! Ich wusste ja nicht, dass das wichtig ist."

„Ja, aber hat sich denn niemand mit dir darüber unterhalten? Ich meine, über die Fahrerflucht und so?"

„Nein, alle waren nur besorgt, wie es mir geht", erklärte Lukas mit einem Schulterzucken.

„Das ist ja ein Ding! Das müssen wir sofort der Polizei melden!“ Nikolas und Lilly wurden ganz aufgeregt.
Gemeinsam drängten sie in die Wohnung von Lukas und redeten auf die verblüfften Eltern ein. „Wir wissen nun das Kennzeichen des Fahrers!“, riefen Nikolas und Lilly aufgeregt. „Wir müssen sofort die Polizei verständigen!“
Lukas’ Eltern hatten eine Visitenkarte des Polizisten, der am Unfallort gewesen war, und riefen ihn sofort an. „Ja, hier Gotthardt“, meldete sich Lukas’ Vater aufgeregt. „Den Kindern ist das Kennzeichen eingefallen!“
Er hörte auf die Stimme am anderen Ende und nickte dann mit dem Kopf. „Ja, genau! Es ist OVP-CK 0912. Können Sie das mal überprüfen?“
Kurz hörte der Vater auf die Stimme des Polizisten, dann verabschiedete er sich. „Das ist ja ein Ding!“, rief er aufgeregt. „Wieso ist euch das denn jetzt eingefallen?“
„Uns nicht!“, gab Nikolas zu. „Aber Lukas konnte sich daran erinnern, dass ich es Lilly zugerufen hatte, damit sie es sich merkt. Aber sie hat es ja leider vergessen.“
„Du ja auch!“, bemerkte Lilly bissig.
„Stimmt!“ Nikolas nickte entschuldigend.
Suchend fasste er in seine Hosentasche und zog den Zettel heraus, auf dem er und Lilly die Kennzeichen der möglichen Verdächtigen aufgeschrieben hatten. Schnell überflog er die Zeilen, dann sprang er plötzlich auf. „Es ist der weiße Škoda der alten Dame!“, verkündete er verblüfft.
„Wie bitte?“ Lilly war richtig entsetzt. „Bist du sicher?“

Nikolas nickte erneut und zeigte den Zettel herum. „Ihr Auto stand am Tag nach dem Unfall auf dem Parkplatz beim Supermarkt. Ich kann es gar nicht glauben, sie sah so nett aus! Außerdem ist sie ganz vorsichtig gefahren!“

Lukas’ Eltern sahen einander stumm an. „Vielleicht hat sie gar nicht gemerkt, dass Lukas gestürzt ist“, überlegte die Mutter.

„Sehr seltsam! Ich bin ja mal gespannt, was die Polizei herausfindet. Auf jeden Fall haben wir sie auf unserer Liste der Verdächtigen!“

Nikolas war richtig stolz. Die Blamage, dass sie sich das Kennzeichen nicht gemerkt hatten, war damit ausgemerzt. Trotzdem wurmte es ihn, dass das Auto ein Škoda und kein Mercedes gewesen war! Aber von hinten sahen beide Autos sehr ähnlich aus.

Mit diesen Neuigkeiten kehrten Nikolas und Lilly zu Mama und Papa zurück. „Stellt euch mal vor, die ältere Dame, von der Lukas angefahren wurde, haben wir tatsächlich beim Supermarkt gesehen! Was passiert denn nun?“, fragte Nikolas.

Papa nickte nachdenklich. „Die bekommt ganz schön Ärger! Wenn sich herausstellt, dass sie tatsächlich den Unfall verursacht hat, dann ermittelt der Staatsanwalt wegen Fahrerflucht und Körperverletzung. Außerdem bekommt sie eine saftige Strafe.“

Nach dem Abendessen trafen sie sich noch einmal mit Lukas im Garten. Papa hatte ihnen Eistee hingestellt, den sie in den Korbsesseln auf der Terrasse von Lukas’ Ferienwohnung tranken. Lukas’ Vater hatte drei kleine Schüsseln mit Chips dazugestellt – für jeden eine eigene.

Um sich selbst und die anderen vom Unfall und allem, was damit zusammenhing, abzulenken, fragte Nikolas Lukas, was er über versunkene Städte wusste.

Dieser dachte kurz nach und berichtete dann: „Es gibt zahlreiche Legenden, aber auch Nachweise versunkender Städte. Bis vor etwa 8.200 Jahren lag zum Beispiel Land zwischen dem heutigen England und Skandinavien, das sogenannte Doggerland. Das war gegen Ende der letzten Eiszeit, und der Meeresspiegel stieg immer weiter an. So wurde Doggerland nach und nach zu einer Insel. Diese wurde dann schließlich durch einen Tsunami überflutet und versank für immer in der Nordsee. Verschiedene archäologische Funde bestätigen das."

Lilly und Nikolas lauschten gespannt, darum fuhr Lukas fort: „Vor Nordstrand auf der heutigen Halbinsel Eiderstedt in Schleswig-Holstein lag die Stadt Rungholt. Auch sie ist in einer Sturmflut untergegangen, das war im 14. Jahrhundert. Bei einer Wattwanderung kann man noch heute ein paar Grundmauern erkennen, und manchmal wird sogar eine Tonscherbe oder ähnliches gefunden."

„Und was ist mit versunkenen Städten in der Ostsee?", fragte Nikolas atemlos.

„Da gibt es nur Legenden, keine Beweise", sagte Lukas.

Das hatte Nikolas bereits vermutet, aber er war trotzdem ein wenig enttäuscht.

In dieser Nacht träumte er von einer Festung unter Wasser, um die Fische herumschwammen, während dumpf eine Glocke erklang. Durch Lillys Traum spazierte dagegen Sherlock Holmes, der auf dem Supermarktparkplatz mit einer Lupe Autokennzeichen untersuchte.

13.

OSTERBESUCH VON OMA UND OPA

„Heute kommen Oma und Opa!“, rief Nikolas fröhlich, kaum hatte er die Augen aufgeschlagen. Es war Karfreitag, und die Großeltern würden die Osterfeiertage mit ihnen auf Usedom verbringen. Sie hatten eine Ferienwohnung ganz in der Nähe gemietet.

„Es ist schon ziemlich spät – ihr habt ganz schön lange geschlafen“, sagte Mama beim Frühstück. „Oma und Opa werden bestimmt in ein, zwei Stunden hier sein. Wollt ihr ein bisschen rausgehen, während Papa und ich unsere Ferienwohnung aufräumen und das Mittagessen machen?“

Das hielten Lilly und Nikolas für eine gute Idee. Sie schnappten sich die Federballschläger und liefen auf die Wiese hinter dem Haus.

Fast eine Stunde jagten die Geschwister dem Ball hinterher, dann ließen sie sich erschöpft auf die Liegestühle plumpsen. Papa hatte ihnen vorsorglich bereits Becher und eine Flasche Apfelwasser hingestellt. Während sie durstig tranken, tauchte Lukas auf, der seinen neuen Freunden bereitwillig von den weiteren Ermittlungen erzählte.

„Wisst ihr, Leute, es war tatsächlich eine alte Dame, die mich angefahren hat. Sie hat es überhaupt nicht gemerkt, deshalb ist sie auch weitergefahren. Sie möchte mich heute Nachmittag besuchen und sich entschuldigen. Sie war ganz entsetzt, dass ihr so etwas passiert ist. Jetzt möchte sie mir ein großes Geschenk kaufen. Sie wollte mir ein neues Fahrrad spendieren, aber meins ist ja noch in Ordnung. Es war nur die Kette herausgesprungen und der Lenker etwas verdreht, aber das haben die netten Polizisten schon repariert."

„Aber hat sie denn nicht die Spuren an ihrem Auto gesehen?", erkundigte sich Lilly.

„Es war ja nur ein winziger Kratzer. Sie hatte sich nur gewundert, warum der rechte Außenspiegel eingeklappt war."

„Unglaublich!", schimpfte Nikolas empört. „So etwas merkt man doch!"

Lukas zuckte mit den Schultern und lächelte freundlich. „Ach! Kann ja mal passieren."

Fassungslos starrten die beiden ihren Freund an. „Kann ja mal passieren? Sag mal, bei dir piept es wohl. Du hättest tot sein können."

Lukas schluckte schwer. „Ja, aber ich habe Glück gehabt. Mir ist es wichtig, dass die Fahrerin gefunden wurde und dass sie sich nun bei mir entschuldigt. Dann kann ich diesen unschönen Tag besser vergessen."

„Ach so!" Das verstanden Nikolas und Lilly. Sie waren trotzdem gespannt, wie die Dame sich entschuldigen würde.

„Unsere Großeltern kommen gleich! Da freuen wir uns schon!"

„Oh, ich freue mich darauf, eure Großeltern kennenzulernen!" Lukas lächelte wieder auf seine höfliche Art.

„Hast du Lust, mit uns mit meinen Star-Wars-Karten zu spielen?", fragte Nikolas.

„Klar!", stimmte Lukas zu. „Star Wars kenne ich!"

Nikolas war kurz davor zu gewinnen, als vor dem Haus ein lautes Hupen ertönte. Sofort waren die Karten vergessen, und Lilly und Nikolas liefen zur Einfahrt, in der Oma und Opa bereits aus dem Auto gestiegen waren. Lukas blieb abwartend am Tisch sitzen und beobachtete die Szene.

„Omi!", rief Lilly glücklich und warf sich ihrer Großmutter in die Arme.

„Hallo, mein Schatz", sagte Oma lächelnd und gab Lilly einen Kuss aufs Haar. Dann strahlte sie Nikolas an, der gerade Opa gedrückt hatte und nun zu ihr kam. „Na, mein Großer", sagte sie und wuschelte ihm durch die Haare. Eigentlich mochte Nikolas das nicht, aber bei Oma machte er eine Ausnahme.

Opa wirbelte gerade Lilly durch die Gegend, als auch Mama und Papa dazukamen, um die Großeltern zu begrüßen. „Ihr kommt genau richtig – das Essen ist gerade fertig", erklärte Mama und lotste die ganze Familie durchs Haus auf die Terrasse. Die Kinder stellten den Großeltern kurz ihren neuen Freund vor, der sich höflich verbeugte.

„Angenehm!", grüßte er wie ein Erwachsener. „Bis später!", verabschiedete er sich.

„Tschüss!"

14.

DIE SAGE VON VINETA

Nach dem Mittagessen mussten Lilly und Nikolas Oma und Opa alles erzählen, was sie bisher in den Ferien erlebt hatten. Natürlich berichteten sie auch von Lukas' Unfall, den folgenden Ermittlungen und dass sie tatsächlich das verdächtige Auto ausfindig gemacht hatten. „Aber wir hatten die Verdächtige ausgeschlossen, weil es eine nette, ältere Dame war", erklärte Lilly und klang dabei ein wenig wie Lukas. „Sie kommt heute zu Lukas, um sich zu entschuldigen und nach ihm zu sehen. Sie hat sich wohl wirklich sehr erschrocken."

Dann berichtete Nikolas von all ihren Ausflügen, besonders von Koserow und der versunkenen Stadt Vineta.

„Davon habe ich schon gehört", sagte Opa. „Man erzählt sich, dass Vineta alle hundert Jahre am Ostersonntag für eine Stunde aus dem Meer auftaucht. Doch nur ein Sonntagskind, das reinen Herzens ist, kann die Stadt sehen und sie vielleicht erlösen.

Einst hatte angeblich ein Schäferjunge die Gelegenheit dazu. Als er am Ostermorgen seine Schafe hier in der Nähe des Strands von Koserow hütete und über die Ostsee blickte, stieg mit einem Mal eine Stadt aus dem Wasser empor. Direkt vor ihm lag das reich verzierte Tor. Der Junge saß einen Moment erschrocken da, doch dann lief er durch das Tor.

Er sah wunderschöne Straßen und Häuser mit goldenen Dächern, prächtig gekleidete Menschen, doch niemand sagte ein Wort. Der

Junge kam auf dem Marktplatz der Stadt an. Einer der Kaufleute winkte ihn freundlich zu sich, breitete seine Waren aus und bot sie dem Jungen an. Doch der schüttelte den Kopf: Er hatte kein Geld, um etwas zu kaufen. Auch die anderen Kaufleute winkten ihm, doch er konnte nur auf seine leeren Hosentaschen zeigen.
Die Menschen sahen ihn traurig an. Da drehte er sich um und lief schnell zurück zum Strand. Als er sich umdrehte, sah er nur die stille Ostsee – von der Stadt war nichts mehr zu sehen.
Etwas später kam ein alter Fischer vorbei. Der Junge erzählte ihm, was er gerade erlebt hatte. Der alte Mann nickte, denn er kannte die Geschichten von der versunkenen Stadt. Er berichtete dem Jungen alles, was er über Vineta wusste. Dann sagte er: ‚Weil du ein Sonntagskind und reinen Herzens bist, konntest du die Stadt besuchen. Und hättest du auch nur einen Pfennig gehabt und damit bezahlen können, so wäre Vineta erlöst gewesen und hätte an der Oberfläche bleiben können.'"

Lilly und Nikolas sahen Opa mit großen Augen an. Er lachte. „Ich habe keine Ahnung, ob das stimmt, aber so habe ich es gehört. Und was machen wir heute noch Schönes?"
„Ich dachte, wir könnten vielleicht zur *Schmetterlingsfarm* nach Trassenheide fahren, das ist nicht so weit", schlug Mama vor.
„Oh ja!", rief Lilly.
Nikolas hörte nur mit einem halben Ohr hin. Er ging in sein Zimmer und nahm sich drei Euro aus seinem Portemonnaie, die er in die Hosentasche steckte. Es war immer gut, etwas Geld dabei zu haben.

15.

ZWEITAUSEND SCHMETTERLINGE

Die *Schmetterlingsfarm* war eine riesige, gläserne Halle voller wild wuchernder, exotischer Pflanzen. Drinnen war es sehr warm und feucht – „wie im Regenwald“, fand Mama. Gleich am Eingang begrüßten zwei rot-bunte Papageien in einem großen Käfig die Besucherinnen und Besucher. Wohin Lilly und Nikolas auch sahen, flogen bunte Schmetterlinge umher, ruhten sich auf Blättern aus oder naschten an Apfelsinen- und Bananenstückchen, die von Pflanzen hingen oder in blütenförmigen Schalen lagen.

Ein Schmetterling landete sogar auf Papas Jeans. Nikolas und Opa hatten am Eingang einen Zettel gekauft, auf dem Fotos aller

Schmetterlingsarten abgebildet waren, die auf der Schmetterlingsfarm wohnten. Darunter standen die Namen. „Ich glaube, das ist der hier“, sagte Nikolas. Sein Blick wanderte zwischen Papas Hosenbein und dem Blatt in seiner Hand hin und her. „Ein Tagpfauenauge.“
Dann entdeckte er einen hellblauen Schmetterling mit grauen Rändern, der auf einer Bananenpflanze saß. „Ein Blauer Morpho“, las Nikolas vor.
„Stimmt“, meinte Opa und spähte Nikolas über die Schulter. „Hübsch.“
Am hinteren Ende der Halle stand ein Glaskasten. Darin hingen an einer Art Wäscheleine kleine, braune Päckchen, die wie vertrocknete Blätter aussahen. „Das ist die Puppenstube“, sagte Oma. „Raupen, die einen Kokon um sich gesponnen haben, nennt man Puppen. Nach ein paar Wochen schlüpfen aus den Kokons, die dort hängen, Schmetterlinge.“ Lilly und Nikolas nickten. Das kannten sie aus dem Buch „Die kleine Raupe Nimmersatt“. Allerdings hatte der Kokon im Buch irgendwie anders ausgesehen.
Als sie ihren Spaziergang durch die Freiflughalle beendet hatten, warfen sie noch einen Blick in das Insektarium. Dort gab es viele Glaskästen mit Schmetterlingen sowie Terrarien mit Vogelspinnen und anderen Krabbeltieren. Weil sie etwas Ähnliches aber bereits am Tag zuvor in der *Naturerlebniswelt* gesehen hatten, warfen sie nur einen kurzen Blick hinein und machten sich dann auf den Weg in ein beliebtes Fischrestaurant am Achterwasser.
Bei ihrer Rückkehr wartete Lukas schon ungeduldig auf sie. „Hallo Leute!“, rief er begeistert. „Wo habt ihr denn gesteckt?“

„Wir haben uns die Schmetterlingswelt angesehen“, erzählte Lilly.

„Hm, da klingelt nichts bei mir. Wo ist das denn?“

„In Trassenheide. Ist wirklich schön.“

Lukas nickte interessiert. „Dann schaue ich mir das auch mal an.“

„Wie ist es mit deinem Besuch gelaufen?“, wollten Lilly und Nikolas wissen.

„Sehr nett! Die Dame war wirklich besorgt, ob es mir gut geht. Sie hat sich furchtbar erschrocken und will in Zukunft lieber nicht mehr Auto fahren. Sie hat mir ein Malset mitgebracht. Das ist doch sehr nett, nicht wahr?"
Lilly und Nikolas nickten, obwohl sie dachten, dass das eher ein mickriges Geschenk war. Aber Lukas schien sich darüber zu freuen, also sagten sie nichts.
„Sie hatte ihren kleinen Hund dabei", fuhr Lukas fort. „Der war so süß! Ein Welpenmädchen namens Arwen. Ich habe die ganze Zeit mit ihr gespielt." Dann wurde sein Blick sehnsüchtig. „Ich hätte so gern einen Hund, aber ich neige zu Allergien. Aber heute habe ich nichts davon gespürt."

Als Nikolas später im Bett lag, dachte er wieder an die Geschichte von Vineta und dass der Junge die Stadt hätte erlösen können – ein Sonntagskind mit reinem Herzen. Als Opa ihm „Gute Nacht" sagen kam, fragte er leise: „Opa, was ist ein Sonntagskind?"
„Ein Sonntagskind ist jemand, der an einem Sonntag geboren wurde", antwortete Opa.
„Und wurde einer von uns an einem Sonntag geboren?"
Opa überlegte eine Weile. „Ja, ich glaube, du bist ein Sonntagskind."
Nikolas strahlte. „Gute Nacht, Opa."
„Gute Nacht", antwortete Opa, strich seinem Enkel übers Haar und ging lächelnd hinaus.

16.

Von Bären und Mäusen

Oma und Opa hatten in ihrer eigenen Ferienwohnung geschlafen, aber schon zum Frühstück waren sie wieder da. „Wir wollen doch jede Minute mit unseren Enkelkindern genießen“, erklärte Oma und sah Lilly und Nikolas liebevoll an.

„Was haltet ihr davon, wenn wir heute einen Oma-und-Opa-Tag machen?“, fragte Opa. „Mama und Papa schicken wir in die Therme. Die können in der Sauna schwitzen. Und wir schauen uns mal ein paar größere Tiere an – im *Tierpark Tannkamp* in Wolgast. Und hinterher gehen wir noch Hamburger essen.“

Eigentlich hatte Nikolas keine große Lust, sich schon wieder Tiere anzuschauen, aber Oma und Opa freuten sich so auf den Ausflug, dass er ihnen die Freude nicht verderben wollte. Eine Brücke führte von Usedom über einen Fluss – den Peenestrom – nach Wolgast, eine hübsche, alte Stadt. Als sie den Tierpark, der mitten im Wald lag, erreichten, war Nikolas doch froh, dass er mitgekommen war, denn

der Tierpark war wirklich schön. Es gab viele einheimische Tiere, aber auch Wölfe, Äffchen, Waschbären, Kängurus und Emus – riesige Vögel mit kleinen Köpfen, die knurrten, wenn man sich ihnen näherte.

Das berühmteste Tier im *Tierpark Tannkamp* war der Braunbär, der gerade in einem Wassergraben badete. „Das wäre mir aber zu schmutzig!“, erklärte Lilly nachdrücklich.

„Mir wäre das vor allem zu kalt“, sagte Nikolas grinsend. Dem Tier offenbar auch, denn schon bald kam es wieder heraus und lief hinüber zu einem Bärenspielplatz aus Baumstämmen, Leitern und Seilen.

„Das ist bestimmt ganz schön langweilig, wenn man den ganzen Tag alleine spielen muss“, sagte Lilly und blickte den Bären mitleidig an. Irgendwie erinnerte der Bär sie an Lukas, der ja auch viel allein blieb.

„Keine Sorge, er fühlt sich nicht einsam. Erwachsene Braunbären leben immer allein“, beruhigte Opa sie. „Die Bärenkinder leben zwei bis vier Jahre mit ihren Mamas und Geschwistern zusammen, dann sind sie groß genug, um allein durch die Wälder zu ziehen.“

‚Ob Lukas sich aber nicht vielleicht doch manchmal einsam fühlt?‘, überlegte Lilly. ‚Wenn er doch nur einen Hund hätte. Er hatte sich so sehr über das Hündchen der alten Dame gefreut.‘

Sie gingen weiter durch den Tierpark, und Lilly vergaß ihre trüben

Gedanken. Besonders gefiel ihnen das Haus von Familie Maus. Durch die Fenster erblickten sie eine Küche mit einem alten Herd und ein paar Regalen. Um einen gedeckten Tisch standen Stühle. Es sah wie ein ganz normales, kleines Haus aus. Aber überall – in Kochtöpfen und auf Tellern – saßen Mäuse und knabberten an ihrem Mittagessen.

Wenig später entdeckte Nikolas einen tollen Spielplatz. „Komm mit, Lilly! Wer zuerst da ist ...“, rief er und sie flitzten los. Als sie keuchend den Spielplatz erreicht hatten, wussten sie gar nicht, wo sie zuerst hingehen sollten. Oma und Opa suchten sich einen Platz auf einer Bank und ließen die Kinder alles entdecken und ausprobieren. Zum Schluss spendierte Opa ihnen noch eine Motorrad-Fahrt auf der Kinder-Rennstrecke.

Eine halbe Stunde später saßen sie zufrieden mit ihren Hamburgern in der einen Hand und einem Milchshake in der anderen in einem Lokal. Dann machten sie sich auf den Rückweg. Im Auto blickte Oma auf die Uhr: „Wir haben noch Zeit, Mama und Papa sind bestimmt noch nicht aus der Therme zurück. In Zinnowitz ist heute Flohmarkt. Wollen wir da mal stöbern gehen?“

„Oh, super!“, freute sich Nikolas. Er mochte Flohmärkte, weil ihm die Eltern oder Großeltern dort meistens etwas zum Spielen kauften. Auch Lilly war einverstanden.

Neugierig bummelten sie durch die Reihen. Während Lilly eine antike Puppe bewunderte und Nikolas Oma zeigte, welches Star-Wars-Raumschiff er sich zum Geburtstag wünschte, stöberte Opa in einer Bücherkiste. Plötzlich stutzte er und zog ein altes,

unscheinbares Buch heraus. Er blätterte es kurz durch, dann drückte er dem Verkäufer zwei Euro in die Hand und ließ das Buch schnell in seinem Rucksack verschwinden. Dabei warf er einen Blick zu Oma und den Kindern herüber. Sie hatten nichts bemerkt. Gut. Denn das Buch sollte eine Überraschung werden.

Als sie später in der Ferienwohnung gemeinsam mit Mama und Papa am Abendbrottisch saßen, fragte Nikolas: „Darf ich mir noch etwas zu Ostern wünschen?“

„Das ist ein bisschen spät“, sagte Mama. „Ich fürchte, der Osterhase hat schon alle Geschenke beisammen.“

„Es ist kein Geschenk. Ich wünsche mir, dass wir morgen noch mal nach Koserow fahren. Es war so schön dort!“

Mama und Papa sahen einander verwundert an. Ja, in Koserow war es schön, aber was ihren Sohn dort so faszinierte, konnten sie sich nicht erklären. Nur Opa lächelte verschmitzt in sich hinein.

17.

VON OSTERHASEN UND ANDEREN GESCHENKEBRINGERN

„Ob der Osterhase schon da war?“ Lilly sprang aufgeregt aus dem Bett und rannte aus dem Zimmer. Nikolas brauchte etwas länger, um wach zu werden. Er hatte wieder geträumt – von der wunderschönen, goldenen Stadt Vineta. Er konnte es kaum erwarten, nach Koserow zu fahren. Schließlich war er ein Sonntagskind. Vielleicht hatte er ja Glück, und die hundert Jahre waren gerade um. Und anders als der Schäferjunge hatte er ein paar Euro in der Tasche – sein Urlaubsgeld von Mama und Papa, von dem er sich noch nichts gekauft hatte.

Als Nikolas angezogen aus dem Badezimmer kam, hatten Mama, Papa und Lilly schon den Frühstückstisch gedeckt, und Oma und Opa kamen gerade zur Tür herein. „Frohe Ostern!“, riefen sie fröhlich. Während die anderen ihr Osterfrühstück genossen – es gab bunte Eier, frische Brötchen und sogar Kuchen –, rutschte Nikolas unruhig auf seinem Stuhl hin und her. Was, wenn er das Auftauchen von Vineta verpasste? Auch Lilly aß vor Aufregung kaum etwas – aber aus einem anderen Grund: Sie wollte in den Garten gehen und nachsehen, ob der Osterhase sie auch hier an der Ostsee gefunden hatte.

Endlich waren alle mit dem Essen fertig. Sofort schlüpften die Kinder in Schuhe und Jacken und eilten in den Garten. „Da!“, rief Lilly

glücklich und flitzte zu einem Baum. Auf einem niedrigen Ast lag ein Nest, voll mit Schokoladeneiern. Der Osterhase hatte sie also auch im Urlaub nicht vergessen.

Nikolas vergaß für einen Augenblick, dass er ja eigentlich an den Strand wollte, und half seiner Schwester beim Suchen. Kurze Zeit später stapelten sich auf dem Terrassentisch Süßigkeiten, Bücher und für jedes Kind ein kleines Lego-Set: Minecraft für Nikolas, Harry Potter für Lilly.

Das schönste Ostergeschenk aber bekam Lukas. Die alte Dame kam wieder vorbei und brachte den süßen Hund mit. Lukas war ganz vernarrt in das Tier. Mit ihren spitzen Zähnchen jagte die kleine Arwen hinter Lukas her, der wie ausgewechselt schien. „Du weißt aber schon, dass mein Bein kein Kauknochen ist!“, brummte er einen Satz aus „Aladdin“. Doch er lachte und schien es der Hündin nicht übel zu nehmen.

Auch Nikolas und Lilly spielten ein bisschen mit Arwen und erkundigten sich bei Lukas nach der Rasse. „Arwen ist ein Goldendoodle, eine Züchtung aus einem Golden Retriever und einem Pudel. Die sind ziemlich teuer.“

„Wie viel kostet denn so ein Hund?“, fragte Lilly neugierig.

„So zwischen 1.000 und 2.000 Euro“, antwortete Lukas. „Manchmal auch mehr. Es sind Hunde, die perfekt für Allergiker geeignet sind, denn sie haaren nicht.“

Lukas widmete sich wieder dem kleinen Hund, während seine Eltern mit der alten Dame redeten. Dann riefen sie ihren Sohn zu sich. „Wir möchten gern etwas mit dir besprechen!“, sagte der Vater geheimnisvoll.

Er nickte der alten Dame zu, die sich verlegen räusperte. „Hör mal, Lukas, ich habe dir ja ein schönes Geschenk versprochen. Es tut mir so leid, was passiert ist …“

„Ach, das ist schon in Ordnung!“, wehrte Lukas hab. „Ich habe ja das schöne Malset bekommen.“

Die Dame lächelte erleichtert. „Aber das ist nicht genug!“, sagte sie bestimmt. „Deshalb wollte ich fragen, ob du vielleicht Arwen nehmen würdest? Ich habe mit deinen Eltern gesprochen, und sie sind einverstanden!“

Lukas, aber auch Lilly und Nikolas waren sprachlos! Die Dame wollte Lukas den Welpen schenken! Konnte es ein noch schöneres Geschenk geben?!

Lukas wurde ganz rot vor Freude. „Wirklich?“, fragte er überwältigt. Dann drückte er den kleinen Hund an sein Herz. „Ich darf sie wirklich behalten?“

„Aber nur, wenn du dich auch um sie kümmerst!“, sagte der Vater ernst. „Es ist ein junger Hund, der erzogen werden muss.“

„Natürlich!“ Über Lukas’ Gesicht liefen plötzlich Freudentränen, die Arwen sogleich abschleckte. Da musste Lukas weinen und gleichzeitig kichern.

„Aber warum geben Sie denn das Hündchen her?“, fragte Lilly ungläubig und blinzelte ebenfalls ein paar Tränen der Rührung weg.

„Ach, wisst ihr, ich bin ja schon recht alt. Und der junge Hund möchte doch spielen. Als ich sah, wie glücklich Lukas mit ihr ist, dachte ich mir, dass sie es bei ihm viel besser hat als bei mir. Für mich ist so ein junger Hund auch zu anstrengend. Da hole ich mir lieber ein älteres Tier aus dem Tierheim. Arwen war ein Geschenk meines Sohnes, damit ich nicht so allein bin. Aber ein älterer Hund aus dem Tierheim leistet mir bestimmt auch gute Gesellschaft und ist dankbar.“

„Wow! Das ist wirklich nett von Ihnen!“, rief Lilly begeistert, und Nikolas konnte seiner Schwester nur zustimmen.

Lilly und Nikolas beschlossen leise, Lukas das Muschel-Fossil am Ferienende zum Abschied zu geben. Mit Arwen als Geschenk konnten sie nicht nicht konkurrieren.

18.

DIE WAHRHEIT ÜBER VINETA

„Können wir jetzt nach Koserow fahren?“, drängte Nikolas den Rest der Familie, als Lukas mit seinem neuen Hund in der Ferienwohnung verschwunden war. Es mussten noch einige Dinge geregelt werden, damit Arwen in Lukas’ Besitz übergehen konnte.

„Warum nicht?!“, antwortete Papa und fing an, seinen Rucksack zu packen. Wenig später fuhren sie nach Koserow und setzten sich an den Strand. Mama und Papa breiteten wieder die Decke aus, während Lilly den Großeltern erklärte, was „Der Raum der Wünsche“ war und warum sie „Harry Potter“ so mochte.

„Ich geh mir mal das Boot da ansehen“, sagte Nikolas und lief quer über den Strand zu einem weißen Holzboot hinüber, das umgekippt im Sand lag. Neben dem Boot setzte er sich in den Sand und blickte unverwandt aufs Meer.

Plötzlich stand Opa neben ihm und setzte sich zu ihm. „Na, die hundert Jahre sind wohl noch nicht um, was?“, fragte er.

„Nein“, seufzte Nikolas.

„Aus des Meeres tiefem, tiefem Grunde
Klingen Abendglocken dumpf und matt,
Uns zu geben wunderbare Kunde
Von der schönen alten Wunderstadt“,

sagte Opa.

Nikolas sah ihn erstaunt an.

Opa schmunzelte. „Dieses Gedicht heißt ‚Vineta'. Ein Dichter namens Wilhelm Müller hat es vor einigen Hundert Jahren geschrieben. Schon damals waren die Menschen fasziniert von der versunkenen Stadt. Angeblich soll man Vineta damals vom Boot aus gesehen haben. Die Legende sagt auch, dass die silbernen Glocken der Stadt manchmal aus der Tiefe heraufklingen. Doch wer ihren traurigen Klang hört, sollte schnell davonlaufen, weil er sonst von ihnen in die Tiefe gelockt wird und selbst ertrinkt."

Nikolas lauschte mit angehaltenem Atem den Worten seines Opas.

„Es gibt viele solcher Geschichten um Vineta. Niemand weiß, welche wirklich stimmen. Man ist sich nicht mal sicher, ob Vineta tatsächlich hier vor Koserow gelegen hat oder am nördlichen Ende Usedoms oder sogar ganz woanders."

Opa zog ein Buch unter seiner Jacke hervor. „Das habe ich gestern auf dem Flohmarkt gefunden und am Abend gleich gelesen. Jetzt schenke ich es dir. Ein sehr interessantes Buch. Der Mann, der dieses Buch geschrieben hat, ist überzeugt, Vineta wäre damals als Jumne bekannt gewesen. Vor ungefähr eintausend Jahren war das eine berühmte Wikingerstadt."

Eine Wikingerstadt? Nikolas horchte auf.

„Nach allem, was man weiß, war Jumne eine riesige, sehr reiche Hafenstadt, in der Menschen aus ganz Europa lebten und mit den schönsten Dingen handelten. Im Hafen fanden angeblich 300 Schiffe Platz. Beschützt wurde die Stadt von der Jomsburg, einer großen Wikinger-Festung. Der dänische König Harald Blauzahn soll sie gegründet haben."

Den Namen Harald Blauzahn kannte Nikolas. Der soll seine Schätze einst auf der Insel Hiddensee versteckt haben.

Opa fuhr fort: „Eine lange Zeit lebten alle in Saus und Braus. Doch die Wikinger waren ständig im Krieg und machten sich viele Feinde. Die Gründer der Jomsburg starben und die, die nach ihnen das Kommando hatten, waren eher Piraten – und zwar nicht solche wie Klaus Störtebeker, sondern richtig böse. Die Jomsburg wurde aus Rache immer wieder angegriffen, die Stadt Jumne überfallen und geplündert. Vor mehr als 800 Jahren brannte die Stadt dann nach

einem Angriff völlig nieder. Sie ist untergegangen – in einem Meer aus Feuer. Die Überlebenden gingen fort. Sie hatten keine Kraft mehr, ihr Zuhause immer und immer wieder aufzubauen. Es kann durchaus sein, dass die Überreste der Stadt heute im Meer verschwunden sind. Usedom hat viele große Sturmfluten erlebt und dadurch viel Land verloren."

Als Opa seine Geschichte beendet hatte, schwiegen beide eine Weile. Dann sprach Opa weiter: „Selbst, wenn du jedes Jahr am Ostersonntag hier sitzen und warten würdest, wären deine Chancen, Vineta zu besuchen, wohl eher gering. Aber ich hab eine viel bessere Idee: Soweit ich weiß, wollen eure Eltern auch gern mal mit euch nach Schleswig-Holstein fahren. Da kannst du herausfinden, wie die Wikinger gelebt haben und wie so eine Wikingerstadt ausgesehen hat. Dort liegt nämlich Haithabu, eine große Wikingerstadt im westlichen Ostseeraum und ein wichtiger Handelspartner für Jumne."

Nikolas dachte einen Moment nach und nickte dann. Er würde mit Mama und Papa sprechen und ihnen sagen, dass er alles über die Wikinger erfahren wollte. Und er wollte unbedingt an die Nordsee und die Reste von Rungholt sehen!

Opa stand auf und reichte Nikolas die Hand, um auch ihn aus dem Sand hochzuziehen. Langsam gingen sie nebeneinanderher, zurück zu den anderen, diesmal direkt am Wasser entlang. Plötzlich entdeckte Nikolas auf dem Boden Hunderte von kleinen Plättchen, die in der Sonne glitzerten. Sie schimmerten in allen Farben wie Edelsteine. Was war das? Nachdenklich blickte er von den Glitzerplättchen aufs Meer. Vielleicht stammten die glitzernden Teilchen ja von den Häusern der Stadt Vineta oder auch Jumne und wurden hier an Land gespült. Vorsichtig hob Nikolas ein blau schimmerndes Plättchen auf und steckte es sich in die Tasche. ‚Jetzt fühlt es sich doch fast so an, als ob ich in Vineta gewesen wäre', dachte er und lächelte. Er freute sich darauf, mehr über die Wikinger zu erfahren.

„Und wenn ihr möchtet, fahren Oma und ich in den Sommerferien mit euch zu den Vineta-Festspielen nach Zinnowitz", schlug Opa vor. „Das ist ein Theaterstück über das Leben in Vineta, so ähnlich wie die Störtebeker-Festspiele auf Rügen."

„Au ja", rief Nikolas begeistert.

Am Abend setzten sich die Familien von Lilly, Nikolas und Lukas im Garten zusammen. Lukas hielt Vorträge über seinen Hund, was Oma und Opa sehr interessierte. „So ein höflicher und gebildeter Junge!", staunten sie.

Begeistert tollten die Kinder mit Arwen herum, doch dann nahm Lukas den Welpen beschützend auf den Arm. „Sie ist jetzt müde. Bei Welpen muss man aufpassen, dass man sie nicht überfordert." Er hörte sich ganz wie ein großer Bruder an.

Lilly und Nikolas bemerkten aber noch etwas anderes: Lukas war viel entspannter und lockerer, wenn Arwen bei ihm war. Es war, als würde Arwen ihm helfen, die Welt besser zu verstehen und leichter Kontakt zu anderen Menschen aufzunehmen.

Auch Lukas' Eltern sahen diese Veränderung und tauschten glückliche Blicke aus. So war aus einem großen Schrecken doch noch etwas Gutes entstanden.

Bei so vielen Leuten, die gemeinsam an zwei Tischen saßen, wurde es manchmal laut, sodass Lukas sich trotzdem irgendwann zurückziehen wollte. „Wie wäre es, wenn wir in dein Zimmer gehen, und du uns deine Bilder zeigst, die du gemalt hast?", schlug Lilly vor.
„Prima Idee", seufzte Lukas erleichtert. Lilly und Nikolas folgten ihm in das Zimmer und bewunderten die geometrischen Zeichnungen, die Lukas in einer Zeichenmappe aufbewahrte. Sie waren schwarz-weiß und sahen wunderschön aus. Lilly bestaunte die vielen Muster aus Sternen und Rauten, die Lukas äußerst sorgfältig gezeichnet hatte.
„Für mich ist es beruhigend, wenn ich so etwas male. Ich mache auch gern Puzzles." Dann grinste er fröhlich. „Also Leute, habt ihr Lust, noch eine Runde Uno zu spielen?"
„Ha, damit du wieder gewinnst?", brummte Nikolas empört.
Lukas kicherte. „Anfängerglück!"

– Ende –

OSTSEEBAD KARLSHAGEN

Touristikinformation Karlshagen
Hauptstraße 4, 17449 Karlshagen
038371/554910
www.karlshagen.de

PEENEMÜNDE

Spielzeugmuseum Peenemünde
Museumsstr. 14, 17449 Peenemünde
038371/25656
www.spielzeugmuseum.peenemuende.info

Phänomenta („Mitmach-Museum")
Museumsstraße 12, 17449 Peenemünde
038371/26066
www.phaenomenta.com

U-Boot-Museum U461
Maritim Museum
Haupthafen Peenemünde, 17449 Peenemünde
0176/10777707
www.u-461.de
Neben dem U-Boot-Museum befindet das Restaurant Piergarten.
Weitere Informationen: www.insel-lehmann.de/news_peenemuende.htm

OSTSEEBAD KOSEROW

Kurverwaltung Koserow
Hauptstr. 31
17459 Koserow
038375/20415
www.koserow.de

Koserower Salzhütte und Räucherei
Fisch-Restaurant & Räucherei
Direkt an der Seebrücke
17459 Koserow
038375/20680
www.koserower-salzhuette.de

Informationen zum Streckelsberg:
www.insel-usedom-wollin.de/koserow/streckelsberg.html

MELLENTHIN UND PUDAGLA

Wasserschloss Mellenthin
Dorfstraße 25
17429 Mellenthin
038379/28780
www.wasserschloss-mellenthin.de

Schloss und Kloster Pudagla
Schlossstraße 8
17429 Pudagla
www.mein-usedom-urlaub.com/schloss-pudagla.html

OSTSEEBAD ZINNOWITZ

Kurverwaltung Zinnowitz
Neue Strandstr. 30
17454 Zinnowitz
038377/4920
www.zinnowitz.de/kurverwaltung/kontakt.html

Promenadenhalle Zinnowitz (Lift-Café, 4D Kino etc)
Neue Strandstraße 30a
17454 Zinnowitz
038377/37336
www.promenadenhalle.de

Tauchgondel Zinnowitz auf Usedom
An der Strandpromenade 0
17454 Zinnowitz
038377/37861
www.tauchgondel.de

Flohmarkt Zinnowitz
Trödelfreunde Insel Usedom
Frank Koch
0151/15268383
Flohmarkt direkt in Zinnowitz an der B110, jeden Freitag und Samstag von 8 bis 17 Uhr
www.flohmarkt-usedom.de/index.php/termine

Schmetterlingsfarm Trassenheide
Wiesenweg 5
17449 Trassenheide
038371/28218
www.schmetterlingsfarm.de/trassenheide/farm.htm

■ BANSIN, HERINGSDORF UND AHLBECK

Fremdenverkehrsverein Heringsdorf
Seeweg 2
23777 Heringsdorf
04365/250
www.heringsdorf.de

Baumwipfelpfad Usedom
Am Bahnhof 12
17424 Heringsdorf
038378/48820
www.baumwipfelpfade.de/usedom

Naturerlebniswelt Heringsdorf
Neuhofer Str. 754
17424 Heringsdorf
038378/498674
www.schmetterlingsfarm.de/heringsdorf

Kaiserbäderexpress
Dorfstraße 20
17419 Korswandt
038378/28467
www.kaiserbaeder-express.de

Seebrücke Ahlbeck
Touristinformation Seebad Ahlbeck
Dünenstrasse 45
17419 Ahlbeck
0383 78/499350
www.ahlbeck.de

Tropenhaus Bansin
Tierisch – Exotisch
Goethestr. 10
17429 Bansin
038378/25410
www.tropenhaus-bansin.eu

■ WOLGAST

Tierpark Wolgast „Tannenkamp"
Am Tierpark 1–2
17438 Wolgast
Besucherinfos unter: 03836/602431
www.tierparkwolgast.de/page/home.html

Außerdem bei Biber & Butzemann

ABENTEUER AN DER MÜRITZ
BETRETEN VERBOTEN
Lilly, Nikolas und die verbotene Insel
Kerstin Groeper
Biber & Butzemann

Steffi Bieber-Geske
SCHATZSUCHE IN BERLIN UND BRANDENBURG
Illustrationen von Sabrina Pohle
LILLY, NIKOLAS UND DAS GEHEIMNIS DES WELTREISENDEN
Biber & Butzemann

ABENTEUER IM SPREEWALD
Steffi Bieber-Geske / Nicole Grom
LILLY, NIKOLAS UND DAS GEHEIMNISVOLLE TAGEBUCH
Mit Illustrationen von Claudia Meiwicke
Biber & Butzemann

ABENTEUER RUND UM DRESDEN UND DAS ELBSANDSTEINGEBIRGE
Lilly, Nikolas und die Schätze der Könige
Juliane Jacobsen
Mit Illustrationen von Sabrina Pohle
Biber & Butzemann

ABENTEUER IM ERZGEBIRGE
Lilly und Nikolas im Weihnachtsland
Elisabeth Schieferdecker und Steffi Bieber-Geske
Mit Illustrationen von Sabrina Pohle
Biber & Butzemann

SCHATZSUCHE IN LEIPZIG
Lilly und Nikolas auf der Suche nach dem singenden Saphir
Mareike Seehaus
Sabrina Pohle
Biber & Butzemann

SCHATZSUCHE ZWISCHEN SAALE UND UNSTRUT
Mit Illustrationen von Sabrina Pohle
Jörg F. Nowack
Biber & Butzemann

Steffi Bieber-Geske | Sabrina Pohle
Zauberhafte Ferien im Harz
Lilly, Nikolas und die Hexen
Biber & Butzemann

Daniela Gappa
BIBER PAUL auf Reisen
Harz
Ein Reiseführer für Kinder
Biber & Butzemann

ABENTEUER ZWISCHEN
KYFFHÄUSER UND WESTHARZ
Lilly und Nikolas auf den Spuren der ersten deutschen Herrscher
Jörg F. Nowack
Mit Illustrationen von Sabrina Pohle
Biber & Butzemann

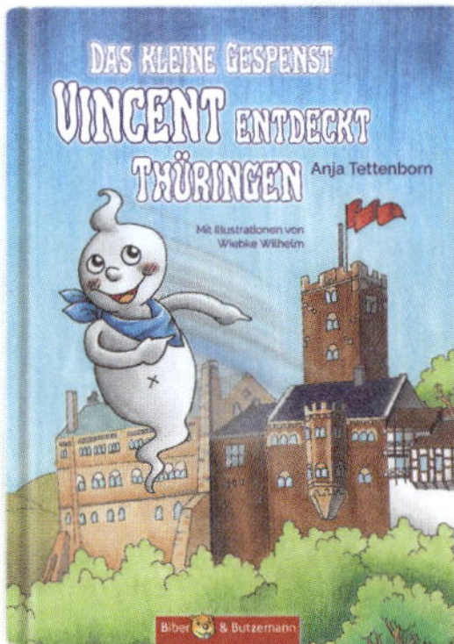
DAS KLEINE GESPENST
VINCENT ENTDECKT THÜRINGEN
Anja Tettenborn
Mit Illustrationen von Wiebke Wilhelm
Biber & Butzemann

Anja Tettenborn
DAS KLEINE GESPENST
VINCENT ENTDECKT DIE RHÖN
Mit Illustrationen von Bibi Hecher
Biber & Butzemann

Elisabeth Schieferdecker | Sabrina Pohle
Magische Ferien in Thüringen
Lilly, Nikolas und der Zauberer Felix Urlaubius
Biber & Butzemann

SANDRA LEHMANN
MATTI UND MAX
ABENTEUER AUF KRETA
Biber & Butzemann

SANDRA LEHMANN
MATTI UND MAX
ABENTEUER IN NEW YORK
Biber & Butzemann

SANDRA LEHMANN
MATTI UND MAX
ABENTEUER IN BERLIN
Biber & Butzemann

SANDRA LEHMANN
MATTI UND MAX
ABENTEUER IN PARIS
Biber & Butzemann

DAS ERBE DES
ALCHEMISTEN
ABENTEUER AUF DER PFAUENINSEL
Illustrationen Rebecca Mönch
Biber & Butzemann

Kerstin Groeper / Steffi Bieber-Geske
ABENTEUER IN OSTFRIESLAND
LILLY, NIKOLAS UND DIE LIKEDEELER
Biber & Butzemann

ABENTEUER IM OLDENBURGER LAND
LILLY UND NIKOLAS AUF DER SUCHE NACH DEM KLIMASCHATZ
Birgit Hedemann
Biber & Butzemann

ABENTEUER AUF NORDERNEY
MIT JUIST UND LANGEOOG
Lilly, Nikolas und die Flaschenpost
Monika Wolf
Illustrationen von Sabrina Pohle
Biber & Butzemann

Ziemlich beste Ferien
ABENTEUER AUF SPIEKEROOG
Illustrationen von Sabrina Pohle
Biber & Butzemann

Luisa Hartmann
Ziemlich beste Ferien 2
ABENTEUER AUF LANGEOOG
Illustrationen von Sabrina Pohle
Biber & Butzemann

GEHEIMNIS IM KNIEPSAND
LILLY UND NIKOLAS AUF AMRUM
Andrea Nesseldreher
Biber & Butzemann

ABENTEUER AUF SYLT
Lilly, Nikolas und die Leuchtturm-Detektive
Kerstin Groeper
Biber & Butzemann

Nicole Grom
DAS GEHEIMNIS VON RUNGHOLT
Lilly und Nikolas in Eiderstedt
Mit Dithmarschen, Hooge und Pellworm
Biber & Butzemann

ABENTEUER IM LAND DER WIKINGER
LILLY UND NIKOLAS UNTERWEGS ZWISCHEN SCHLESWIG, KIEL UND FLENSBURG
Biber & Butzemann

ABENTEUER ZWISCHEN NORDEIFEL UND AACHEN
Lilly und Nikolas auf der Suche nach dem schwarzen Gold
Miriam Schaps
Illustrationen von Sabrina Pohle
Biber & Butzemann

Miriam Schaps
ABENTEUER IM RUHRGEBIET
LILLY, NIKOLAS UND DAS BERGMANNS-TAGEBUCH
Biber & Butzemann

ABENTEUER AM TEUTOBURGER WALD
LILLY UND NIKOLAS AUF DER SUCHE NACH DEN VERFLIXTEN WÖRTERN
Miriam Schaps
Illustrationen von Sabrina Pohle
Biber & Butzemann

ABENTEUER IM SAARLAND
Lilly und Nikolas auf der Spur der Kelten
Steffi Bieber-Geske
Sabrina Pohle
Biber & Butzemann

MÄUSEJAGD IN DER PFALZ
LILLY, NIKOLAS UND DIE VERSCHWUNDENEN BRONZENÄGEL
Carola Jürchott
Mit Illustrationen von Sabrina Pohle
Biber & Butzemann

Andrea Nesseldreher
Mit Illustrationen von Sabrina Pohle
DIE KRONE DER LORELEY
LILLY UND NIKOLAS IM MITTELRHEINTAL
Biber & Butzemann

Andrea Nesseldreher
FILMREIFE FERIEN AN DER LAHN
LILLY UND NIKOLAS IN MITTELHESSEN
Biber & Butzemann

Marsha Kömpel
ABENTEUER ZWISCHEN TAUNUS UND WETTERAU
LILLY, NIKOLAS UND DER KRACHENBURG-SCHATZ
Biber & Butzemann

ABENTEUER IN DER VULKANEIFEL
LILLY, NIKOLAS UND DAS VERSCHWUNDENE MANUSKRIPT
Miriam Schaps
Mit Illustrationen von Sabrina Pohle
Biber & Butzemann

Zahlreiche weitere Kinderbücher finden Sie unter www.biber-butzemann.de.

Die Autorinnen

Steffi Bieber-Geske, Jahrgang 1978, schreibt seit ihrem 16. Lebensjahr – zunächst für Tageszeitungen, später für verschiedene Unternehmen und Organisationen. Die Journalistin studierte Publizistik, Psychologie und Neuere Deutsche Literatur – mit dem Schwerpunkt Kinderbücher und Märchen – an der Freien Universität und der Humboldt-Universität Berlin. Heute lebt die Mutter von zwei Söhnen mit ihrer Familie am Stadtrand von Berlin und schreibt erfolgreich Kinderbücher.

Kerstin Groeper, 1961 in Berlin geboren, ist eine der führenden deutschen Expertinnen zum Thema Native Americans und erfolgreiche Autorin von historischen Romanen und Kinderbüchern zum Thema. Seit 2009 moderiert sie die Karl May Festtage in Radebeul. Die Sozialpädagogin arbeitet auch als Journalistin für verschiedene Zeitschriften. Außerdem hat sie bereits zahlreiche Ferienabenteuer geschrieben. Mit ihrer Familie lebt die Mutter von drei Kindern, darunter ein Asperger-Autist, in der Nähe von München.
www.kerstin-groeper.de

Die Illustratorin

Sabrina Pohle, Jahrgang 1984, entdeckte in ihrer frühen Jugend ihr Interesse am Zeichnen, aus dem sich über die Jahre eine Leidenschaft für Illustration und sequenzielle Kunst entwickelte. Sie experimentierte zunächst viel mit traditionellen Maltechniken und Materialien wie Aquarell, Kohle und Pastellkreiden. Seit einiger Zeit nutzt die Mutter eines Sohnes auch digitale Medien, um ihre Werke zu erstellen. Die studierte Japanologin arbeitet als freiberufliche Illustratorin in Hamburg und hat bereits zahlreiche Kinderbücher illustriert.
www.splinteredshard.com